REGARDE DERRIÈRE TOI !

Martine Noël-Maw

Dans la même collection

Drôle-de-Zèbre, Martine Noël-Maw, nº 1
La Malchance d'Austin, Martine Noël-Maw, nº 2
Olga, David Baudemont, nº 3
Le nouveau tracteur, David Baudemont, nº 4
Citrouille et Kiwi, David Baudemont, nº 5
Celui qui dormait entre les pattes du dragon, David Baudemont, nº 6
Le Trésor du Wascana, Martine Noël-Maw, nº 7
Les fantômes de Spiritwood, Martine Noël-Maw, nº 8
Le 13e souhait, Martine Noël-Maw, nº 9
Les pierres du Nil, David Baudemont, nº 10

Autres titres de la même auteure

Le chêne et le papillon, album jeunesse, La nouvelle plume, Regina, 2018
Trois millions de pas, roman, Hurtubise HMH, Montréal, 2014
Louis Riel, combattant métis, biographie jeunesse, Éditions de l'Isatis, Montréal, 2014
Chemin faisant, La légende des quatre, Recueil de théâtre, La nouvelle plume, Regina, 2012
Dans le pli des collines, 2e édition, roman, La nouvelle plume, Regina, 2009
Les Perles de Ludivine, roman jeunesse, Hurtubise HMH, Montréal, 2008
Amélia et les papillons, conte, Hurtubise HMH, Montréal, 2006
Dans le pli des collines, roman, La nouvelle plume, Regina, 2004 (1re édition)

Martine Noël-Maw

Catalogage avant publication de Bibliothèque et Archives Canada
Noël-Maw, Martine, 1961-, auteur
Regarde derrièrre toi ! / Martine Noël-Maw.

(eSKapade)
ISBN 978-2-924237-34-2 (couverture souple)

I. Titre. II. Collection: eSKapade

PS8627.O34R44 2018 jC843'.6 C2018-902844-0

À partir de 12 ans

Cette histoire est une œuvre de fiction, mais l'accident de train survenu près de Chicago en 1918 et le clown qui y a survécu sont véridiques.

Nous remercions Patrimoine canadien pour son appui à notre programme de publication. Un merci également au Conseil culturel fransaskois et à la Fondation fransaskoise pour leur soutien financier.

Patrimoine canadien Canadian Heritage

Nous remercions le Conseil des arts du Canada de son soutien. L'an dernier, le Conseil a investi 153 millions de dollars pour mettre de l'art dans la vie des Canadiennes et des Canadiens de tout le pays.

We acknowledge the support of the Canada Council for the Arts, which last year invested $153 million to bring the arts to Canadians throughout the country.

Conseil des arts du Canada Canada Council for the Arts

Illustrations : Andres Araneda
Conception graphique et mise en page : fastpixel communications

Éditions de la nouvelle plume, coopérative ltée
1440, 9e Avenue Nord, bureau 210
Regina (Saskatchewan) S4R 8B1
306-352-7435
nouvelleplume@sasktel.net
www.plume.refc.ca

Dépôt légal Bibliothèque et Archives Canada : 2e trimestre 2018

1

C'est devenu une tradition à l'auberge Wakamow Views Inn de Moose Jaw. Chaque 1er juillet, les propriétaires, Fredrick et Linda, invitent parents et amis pour célébrer la fête du Canada.

Cette année, ils sont plus nombreux que jamais et la chaleur torride n'empêche personne de s'amuser dans la grande cour qui surplombe la vallée Wakamow. Parmi eux se trouvent le frère de Fredrick, Philippe, et ses deux fils, Luc, 11 ans, et Simon, 9 ans. Philippe est veuf et élève seul ses deux fils. Il a perdu sa femme et sa fille dans un accident de voiture, il y a huit ans.

Les derniers à arriver sont Jade et ses trois enfants, Chloé, 12 ans, Judy, 8 ans, et Christophe, 6 ans. Jade est policière à la ville de Moose Jaw, tout comme Fredrick. Les deux font souvent équipe et patrouillent les rues de la ville ensemble. Jade ne trouve pas cela toujours facile parce que Fredrick, qui porte fièrement moustache et barbichette, a tendance à être grognon, d'où son surnom de Grumpy Cop. Peu importe l'heure ou le temps qu'il fait, il trouve toujours une raison de se plaindre. Ou bien il fait trop chaud, ou bien trop froid, ou alors le pare-brise de l'auto-patrouille est sale ou le siège est trop mou, le café n'est pas assez fort ou pas assez chaud. Bref, il mérite son surnom.

Un jour, Jade lui a demandé la raison de sa mauvaise humeur. Il lui a répondu qu'il manquait de sommeil. Elle a répliqué qu'il n'avait qu'à se coucher plus tôt, ce à quoi il a répondu que peu importait l'heure à laquelle il se couchait, il se faisait réveiller en pleine nuit par des bruits bizarres provenant de la cuisine, située juste en dessous de la chambre principale. Selon lui, il ne fait aucun doute que l'auberge est hantée. Cela inquiète certains clients, tandis que ça en attire d'autres, du genre amateurs de surnaturel. Fredrick dit qu'il ne croyait ni aux fantômes ni aux phénomènes paranormaux avant d'emménager dans cette maison, mais que depuis, il a changé d'avis. Il affirme qu'un matin il a trouvé le support à casseroles et les casseroles par terre, devant l'îlot de la cuisine, tandis que les vis étaient toujours en place, au plafond.

Construite en 1902, Wakamow Views est une grande demeure de style victorien. Elle compte trois étages, des vérandas, plusieurs foyers et huit chambres. Une maison de rêve. Fredrick et Linda l'ont achetée il y a trois ans et l'ont convertie en auberge. Chloé a rebaptisé l'endroit « le musée de la dentelle ». Pour elle, la surabondance de napperons de dentelle, de rideaux à frisons, de meubles anciens et de chaises berçantes, sans oublier les planchers de bois qui craquent juste à les regarder, crée un ensemble qui, mélangé au parfum de pot-pourri qui flotte dans toutes les pièces, lui donne des étourdissements.

Fredrick et Linda, qui n'ont pas d'enfants, se réjouissent de voir ceux de leurs amis jouer dans la cour, faire la roue sur la pelouse, se lancer le frisbee et se gaver de sandwiches, de fruits et de friandises. Quant à Chloé et Luc, amis inséparables depuis la garderie, ils ont passé l'âge de ce genre de jeux. Chloé convainc Luc de demander à son oncle s'ils peuvent aller regarder un film au sous-sol.

– Vous voulez vous enfermer dans le sous-sol par une si belle journée ? dit Fredrick. Qu'est-ce qui ne va pas avec vous ?

– Fred a raison, dit Jade. Il fait tellement beau. Profitez donc du grand air.

– Hé vous deux ! intervient Linda. Souvenez-vous quand vous aviez leur âge. Ils sont trop grands pour jouer avec les petits, et les vieux comme nous sont plates, alors…

– Nous, quand on avait votre âge, dit Fredrick, on faisait ce que nos parents nous disaient de faire, et si ça voulait dire de rester assis tranquilles à écouter les grandes personnes parler, on le faisait sans rechigner. On n'avait pas de cinéma maison et encore moins de…

– Fred, veux-tu arrêter ! l'interrompt Linda. Allez-y, les jeunes.

– Tu es trop molle avec eux, soupire Fredrick. Bon, allez-y, mais ne renversez rien sur le tapis. Et ne mettez pas vos pieds sur le divan !

Cinq secondes plus tard, les préadolescents disparaissaient dans la maison en laissant claquer la porte-moustiquaire derrière eux.

***

En s'engageant dans l'escalier qui mène au sous-sol, Chloé ressent un courant d'air frais qui contraste avec la chaleur qu'il fait à l'extérieur. Sans s'en rendre compte, elle serre le col de sa blouse autour de son cou.

– Tu as froid ? demande Luc.

– Ça doit être l'air climatisé.

– Il n'y a pas d'air climatisé ici. C'est une vieille maison.

– Alors ça doit être un courant d'air de vieille maison.

Arrivé en bas, Luc met la main sur la télécommande.

– Qu'est-ce qu'on regarde ? demande-t-il.

– Un film d'horreur.

– Non. Je n'aime pas les films d'horreur.

– Peureux !

– Je ne suis pas peureux. Je n'aime pas ça, c'est tout. Regardons plutôt un film de superhéros. Ou un film de hockey.

– Pas un film de hockey. C'est plate, le hockey.

– Depuis quand tu trouves ça plate ? Tu viens toujours me voir jouer.

– Justement, je vais te voir jouer. Je ne vais pas regarder la partie.

Luc est surpris par ce commentaire qui lui fait comme une chaleur dans la poitrine.

– Choisis le film que tu veux, dit Chloé en se laissant tomber sur le divan.

Quelques minutes plus tard, sur fond de musique tonitruante, un superhéros s'élançait du toit d'un gratte-ciel de Manhattan, déterminé à sauver le monde.

– Ferme la lumière, dit Chloé.

– Non.

– Tu as peur dans le noir ?

– Non, c'est juste qu'avec mes lunettes, je vois mieux quand la lumière est allumée.

– Menteur !

Luc n'a rien à ajouter pour sa défense. Assis à côté de son amie, il se laisse happer par l'histoire qui le transporte dans un univers qu'il aimerait habiter, un monde dans lequel il pourrait, lui aussi, sauver des vies, prouver au monde qu'il a de la valeur.

Chloé ne partage pas l'enthousiasme de Luc pour les aventures de l'homme araignée. Un quart d'heure après le début du film, elle se met à soupirer bruyamment pour exprimer son ennui, mais Luc ne comprend pas le message. Résignée, Chloé pose les pieds sur la table à café, ferme les yeux et commence à rêvasser.

Quelques minutes plus tard, alors qu'elle venait de s'assoupir, elle se réveille en sursaut.

– Aie ! Pourquoi tu me tires les cheveux ?

– Je ne t'ai pas touchée ! répond Luc.

– Tu as tiré ma couette !

– Non !

– C'est qui, d'abord ?

– Personne. Tu dormais. Je t'ai vue, tu avais les yeux fermés.

La sensation était pourtant bien réelle. Chloé a senti une main tirer violemment sur sa queue de cheval.

Comme elle n'a plus sommeil, elle se lève et va vers la bibliothèque en espérant y trouver quelque chose à lire.

– Ne touche à rien, dit Luc.

– Je fais juste regarder.

Sur les rayons, il y a une collection de vieux livres avec des couvertures brunes et des lettres dorées, des piles de *comic books*, des livres de poche et ce qui semble être des albums de photos. Rien qui intéresse Chloé. Elle décide alors d'explorer le sous-sol. Elle découvre la salle de lavage, puis une étagère remplie de pots de confitures, de marinades et de ketchups maison qui lui mettent l'eau à la bouche.

– Tu ne touches à rien, dit Luc.

– Je t'ai dit que je fais juste regarder.

Rendue au fond de la vaste pièce, elle trouve une porte.

Elle l'ouvre et jette un coup d'œil à l'intérieur. C'est la noirceur totale. Elle cherche le commutateur à tâtons, le trouve et allume. C'est une pièce à débarras. Des boîtes sont rangées sur des étagères où s'entassent des articles de maison, dont un abat-jour, un panier rempli de jouets, des boîtes de métal et des valises. En se retournant, elle aperçoit un gros coffre en bois sous une pile de magazines. Le coffre est muni d'un fermoir de métal rouillé, et il y a une inscription en lettres rouges, presque effacées, sur le devant. Chloé tente en vain de la déchiffrer : *Hag ck-W ace irc s*. Piquée par la curiosité, elle décide de retirer la pile de magazines pour voir ce que contient le coffre.

– Qu'est-ce que tu fais ?

Chloé sursaute en entendant la voix de Luc.

– Ça t'amuse de me faire peur ?

– Tu aurais eu raison d'avoir peur si ça avait été mon oncle ou ma tante. Remets les choses à leur place.

– Oh, juste une minute.

– Non, remets les choses à leur place ! Je ne veux pas me faire chicaner à cause de toi.

– Tu n'es pas curieux de savoir ce qu'il y a dans ce coffre ? Il a l'air très vieux.

– Et puis après ? On n'est pas chez nous. On ne doit toucher à rien.

– Ah, tu es plate ! Pour un gars qui rêve de devenir un superhéros… Tu as peur dans le noir, tu as peur des clowns, tu…

– J'ai raison d'avoir peur des clowns après ce qui est arrivé à ma mère et ma sœur.

– Ce n'est pas à cause des clowns qu'elles sont mortes. C'était un accident !

– Un accident qui est arrivé quand on revenait du cirque.

– L’accident n’avait rien à voir avec le cirque ni avec les clowns.

– En tout cas, j’ai mon opinion.

– Tu ne te souviens même pas de l’accident. Tu me l’as dit toi-même. Est-ce qu’on va passer le reste de l’après-midi à niaiser ? Si c’est comme ça, je retourne dehors.

– Attends ! Il faut remettre les magazines à leur place.

– Il reste juste une petite pile à enlever et on pourrait ouvrir le coffre, dit Chloé.

Silence.

– Qu’est-ce que tu en dis ? demande Chloé.

– J’en dis que… OK. Enlève-les.

– Non. Fais-le, toi.

Luc soupire avant de passer à l’action. Une fois le couvercle du coffre dégagé, il cède la place à Chloé.

– Ouvre-le.

Chloé s’avance et, sans attendre, elle soulève le fermoir de métal et ouvre le coffre. Une forte odeur de boules à mites s’en dégage, et ils découvrent tout un mélange de couleurs allant de l’orange au jaune, en passant par le blanc et le rouge.

– Qu’est-ce que c’est ? demande Luc.

Chloé prend un bout du tissu entre le pouce et l’index et soulève un vêtement. Il s’agit d’une combinaison jaune à pois orange. Les manches et les jambes du pantalon sont bouffantes. Il y a un ceinturon à la taille et un foulard du même tissu cousu autour du col. Tout à coup, Chloé ressent un courant d’air froid.

– Qu’est-ce que c’est ? dit-elle.

– On dirait un costume de clown, répond Luc.

– Pas ça. Je parle du courant d’air. Tu ne l’as pas senti ?

– Non, répond Luc en s’approchant.

Il se penche et soulève une perruque orange aux cheveux bouclés. Juste en dessous se trouve un bouquet de fleurs en plastique. Chloé le prend. Un tube y est attaché, avec au bout une poire à eau.

– Un vieux truc de l'ancien temps, dit Chloé.

– Regarde, dit Luc en lui montrant une chaussure blanche surdimensionnée.

– Ouais, c'est bien un costume de clown.

Au fond du coffre se trouvent d'autres vêtements aussi colorés, des gants, des chapeaux pointus et plats à rayures et une mallette de cuir. En l'ouvrant, Chloé découvre du maquillage pouvant transformer un visage ordinaire en clown.

– Je n'aime pas ça, dit Luc en remettant la chaussure dans le coffre.

Chloé est prise d'un étourdissement. Elle ferme les yeux.

– Je ne me sens pas bien.

– Remets tout ça dans le coffre et sortons d'ici ! dit Luc.

Chloé s'exécute sans protester. Ils remontent l'escalier au pas de course et se précipitent dehors. En les voyant surgir, le visage blême, la mère de Chloé s'inquiète.

– Qu'est-ce qui vous arrive ? On dirait que vous avez vu un fantôme.

Chloé et Luc restent muets.

– Ce n'est pas impossible, dit Fredrick. Je t'ai dit que la maison est hantée.

– Va raconter ça à d'autres. Tu sais que je ne crois pas à tes histoires.

Chloé se penche vers Luc et lui murmure à l'oreille :

– On a oublié de remettre les magazines sur le coffre.

– Vas-y si tu veux. Moi, je ne retourne pas là.

Chloé fait signe que non et va se réfugier auprès de sa mère.

Le père de Luc l'appelle.

– Viens, mon Luc. On va aller voir grand-papa Poulin avant de retourner à la maison.

Luc aime bien son grand-père maternel, mais il n'aime pas beaucoup l'endroit où il vit depuis deux ans : le Château St. Michael's, situé en face de l'auberge. Ce n'est pas tant l'endroit que le voisin de son grand-père que Luc n'apprécie pas. Un vieil homme toujours coiffé d'une casquette de cheminot qui ne semble pas avoir toute sa tête. Chaque fois que Luc le croise, le bonhomme brandit sa canne et lui dit, d'un air menaçant : « Regarde derrière toi ! » Ça lui donne froid dans le dos.

***

Le grand-père de Luc ne s'est jamais remis de la mort de sa fille et de son unique petite-fille. Il vit en résidence depuis que son épouse est allée rejoindre les autres femmes de la famille au ciel.

En entrant au Château, Luc redoute de croiser le voisin de son grand-père. Au lieu de cela, il voit une jolie vieille dame aux yeux rieurs, maquillée à l'excès, qui sort de la chambre de son grand-père. Elle salue la petite famille au passage et disparaît au bout du corridor.

– Est-ce que tu la connais ? demande Luc à son père.

– Jamais vue.

– Est-ce que grand-papa a une blonde ?

– Peut-être. On ne sait jamais.

Le père de Luc frappe à la porte et grand-père leur dit d'entrer. D'ordinaire, grand-père est assis dans son fauteuil devant la télévision dont le volume est trop fort. Mais aujourd'hui, la télé est éteinte et M. Poulin est debout devant la fenêtre. Il accueille ses visiteurs avec le sourire et leur tend une boîte de chocolats.

– Servez-vous !

Simon n'hésite pas une seconde et prend deux chocolats qu'il engloutit aussitôt.

– Non merci, dit Luc.

– Un enfant qui n'aime pas le sucré, dit grand-père. Je n'ai jamais vu ça.

– Vous avez eu de la visite ? demande Luc.

Pour toute réponse, grand-père bombe le torse et lui fait un clin d'œil.

La visite est brève parce que le père de Luc a un rendez-vous.

En sortant de la chambre, ils tombent sur le voisin à la casquette qui arpente le corridor. En les voyant, il va vers eux et dit : « Regarde derrière toi ! Regarde derrière toi ! » Il brandit sa canne si près du visage de Luc que, par réflexe, le garçon tourne la tête à toute vitesse et perd ses lunettes.

– Attention ! lance le père de Luc. Vous auriez pu blesser mon fils.

Le vieil homme baisse les yeux et marmonne quelques mots incompréhensibles.

– Venez, les garçons. On s'en va.

Sur le chemin du retour, le trio fait un crochet par le cimetière où ils se recueillent sur les tombes de leurs chères disparues. Le 1er juillet marque le triste anniversaire de leur décès.

2

Trois jours après la fête à l'auberge Wakamow Views, alors que Jade patrouille avec Frederick, elle reçoit une mauvaise nouvelle. Sa mère, qui habite à Québec, a été hospitalisée d'urgence et doit subir une intervention chirurgicale. Sa vie n'est pas en danger, mais les médecins doivent d'abord la stabiliser avant de pouvoir l'opérer. Jade n'hésite pas un instant et décide de se rendre à son chevet. Son collègue lui offre immédiatement de prendre les enfants à l'auberge.

Quand Chloé apprend la nouvelle, ça ne lui fait pas plaisir.

– Tu veux nous envoyer chez le grincheux ?

– Fredrick est grincheux, mais ça ne l'empêche pas d'avoir un grand cœur. Il a dit qu'il allait vous installer dans une grande chambre avec deux lits. Vous aurez le troisième étage à vous tout seuls.

Chloé n'aime pas beaucoup cette grande maison, et elle a des frissons dans le dos en repensant à ce qu'elle et Luc ont trouvé dans le sous-sol.

– Est-ce que Luc va pouvoir venir me voir ?

– Évidemment. Je ne vois pas pourquoi Fred ou Linda l'en empêcherait.

Chloé, Judy et Christophe font leur bagage. Il faut

dire que Judy et Christophe ne demandent pas mieux que d'aller s'installer à l'auberge, car ils adorent s'amuser dans la cour et jouer à cache-cache dans la maison qui compte de nombreux recoins. En plus, Linda est une excellente cuisinière, au contraire de leur maman. Jade a bien des qualités, mais pas celle-là.

***

À l'auberge, Chloé se montre aussi serviable que possible. Elle offre son aide à Linda pour la préparation des repas et la vaisselle, comme le lui a recommandé sa mère. « Rends-toi utile. Vous ne devez pas être un fardeau, » lui a-t-elle dit avant de prendre l'avion pour Québec.

Au matin du deuxième jour, Chloé trouve Linda dans la cuisine, en compagnie d'un couple arrivé la veille.

– Ça s'est passé sur un des sentiers du parc, pas loin d'ici, dit Linda.

– On voulait aller y faire du vélo, dit le jeune homme à l'allure athlétique.

– Est-ce qu'on devrait éviter d'y aller ? demande sa compagne.

– Non, mon mari a dit de ne pas vous en priver, mais soyez prudents, répond Linda.

– De quoi vous parlez ? demande Chloé.

– Ah, tu es enfin levée, répond Linda. Je te prépare ton déjeuner.

– De quoi parliez-vous ?

– Un homme s'est fait attaquer dans le parc Wakamow, hier soir, dit le client.

– Une attaque au couteau, ajoute la jeune femme, l'air nerveux.

– Une attaque au couteau, dans le parc ? s'étonne Chloé.

– Ne t'inquiète pas, dit Linda tout en tartinant un morceau de baguette avec ses confitures de baies de Saskatoon.

L'homme prend une gorgée de café au lait puis il dit à Chloé :

– Il a été attaqué par un clown. Tu aimes les clowns ?

En entendant ces mots, Chloé ressent un tremblement intérieur.

– Un clown ?

– C'est ce qu'il a dit à la police, selon M. Fredrick, ajoute la jeune femme.

Les idées se mettent à se bousculer dans la tête de Chloé. Il y a quelques jours, elle trouvait ici même un costume de clown, et voilà que… drôle de coïncidence.

– Où est Fred ? demande Chloé en regardant Linda qui dépose son assiette devant elle.

– Au travail.

– Il était où, hier soir ?

Linda est surprise par la question.

– Il est allé frapper des balles au terrain de pratique de golf. Tu le sais, tu l'as vu partir avec ses bâtons après le souper.

Chloé n'a rien à ajouter. Elle avale sa tartine dégoulinante de confiture, sa salade de fruits et son verre de lait. Le jeune couple va terminer ses préparatifs pour la randonnée à vélo.

– Chloé, as-tu vu mon couteau à pain ? Celui avec un manche rouge.

– Non. Où sont Chris et Judy ?

– Ils jouent dehors. Ça fait longtemps qu'ils sont levés, eux autres.

Chloé laisse passer la remarque et va aider Linda à faire la vaisselle.

– Ta mère a téléphoné ce matin, dit Linda, en rinçant les assiettes. Elle dit que les médecins ont réussi à stabiliser ta grand-mère. Ils pensent pouvoir l'opérer aujourd'hui ou demain.

– J'espère que tout va bien se passer. Je ne voudrais pas qu'elle meure.

– Sois positive. Tout ira bien, dit Linda d'un ton rassurant. Va jouer. Je vais finir la vaisselle.

Chloé sort de la cuisine sans attendre, au cas où Linda changerait d'avis. Il est huit heures quarante-cinq. Luc va arriver dans quelques minutes. Elle monte dans sa chambre pour se brosser les dents. Après, elle s'assoit sur son lit et ouvre un livre en attendant Luc. Deux minutes plus tard, on frappe à sa porte.

– Entre !

Luc entre en coup de vent et claque la porte derrière lui.

– Tu as entendu ce qui est arrivé au parc hier soir ? demande-t-il, à bout de souffle.

– Le monsieur qui s'est fait attaquer par un clown ?

– Ouais. C'est malade !

– Malade, oui. Qui ça peut être, tu penses ?

– Aucune idée, répond Luc en s'assoyant sur le divan.

– Tu n'as vraiment aucune idée ?

– Tout ce que je sais, c'est que l'autre jour on a trouvé un costume de clown et là, quelqu'un se fait attaquer par un clown.

– Tu en vois souvent des clowns à Moose Jaw, toi ? demande Chloé.

– Ben, non.

– Tu ne trouves pas ça bizarre comme coïncidence ?

– Ouais, mais on ne sait pas à quoi ressemble le clown du parc.

– Il faut aller voir au sous-sol si le costume est toujours là.

– Tu ne penses pas que…

– Avant de penser, allons voir ! tranche Chloé.

Au sous-sol, Luc et Chloé trouvent Linda dans la salle de lavage. Luc allume la télé et ils attendent, mine de rien, que la patronne remonte à l'étage. Quand Linda les voit assis sur le divan, les yeux rivés sur l'écran, elle soupire.

– Vous n'avez rien de mieux à faire que de regarder la télé à neuf heures du matin en plein mois de juillet ?

Les deux grognent un « hum ».

– Vous devriez aller voir ce que font Chris et Judy. Moi, je vais faire un gâteau, dit Linda avant de remonter.

– Dépêchons-nous ! lance Chloé en se levant.

Elle se dirige vers la pièce du fond, ouvre la porte et allume la lumière. Le coffre est toujours là, avec la pile de magazines à côté.

– Avais-tu remis les magazines à leur place ? demande Luc.

Chloé fait signe que non.

– Je t'avais dit de le faire, sinon, ils vont savoir qu'on a fouillé, dit Luc. Mon oncle n'aime pas les fouineurs.

– Ce n'est pas le temps de me faire la morale.

Chloé s'avance et ouvre le coffre. Le costume de clown est à l'intérieur, mais elle remarque quelque chose.

– Regarde les souliers, dit Chloé.

– Pourquoi ?

– Regarde !

Luc s'approche et remarque immédiatement des traces de boue sur les chaussures blanches qui, l'autre jour, étaient propres.

– Quelqu'un les a salies ! souffle Luc.

– Oui. Quelqu'un qui vit ici.

– Tu veux dire que…, dit Luc en écarquillant les yeux.

Chloé referme le coffre. Elle et Luc remontent et courent à l'extérieur où Chris et Judy les accueillent avec des cris de joie.

***

Pendant la soirée, après que les petits sont allés au lit et que Linda et Fredrick sont montés regarder la télé dans leur chambre, Luc et Chloé descendent au sous-sol pour discuter, ce qu'ils n'ont pu faire de toute la journée. Luc avait dû rentrer chez lui parce qu'il avait promis à son père de l'aider à faire des travaux autour de la maison.

Enfin seuls, ils peuvent échanger leurs hypothèses sur l'incident du clown dans le parc.

– Tu sais, dit Luc, je pense que ce n'était peut-être même pas une attaque.

– Qu'est-ce que tu veux dire ?

– Peut-être que ce marcheur c'est quelqu'un comme moi, qui n'aime pas les clowns.

– Tu veux dire qui a PEUR des clowns.

– Si tu veux. Peut-être que c'est quelqu'un comme moi et qu'il a paniqué en voyant le clown.

– Ou plutôt en voyant le couteau. Tu te souviens ?

Il dit avoir été menacé avec un couteau.

Luc avait oublié ce détail.

– Est-ce qu'il a dit quel genre de couteau ? Un gros ? Un petit ?

– Quelle importance ?

Chloé réfléchit un court instant.

– Allons voir dans le coffre, dit Chloé.

– Voir quoi ?

– Allons voir s'il y a un couteau.

– Tu n'es pas sérieuse ! Tu ne penses pas que…

– Il faut vérifier toutes les hypothèses, répond Chloé en se levant.

Luc la suit à contrecœur.

Cette fois, Chloé demande à Luc d'ouvrir le coffre.

– Pourquoi moi ?

– Ce n'est pas toujours à moi de le faire.

Luc comprend que s'il ouvre le coffre, il sera aussi coupable que Chloé d'avoir fouiné, mais comme il ne veut pas perdre la face, il ouvre le coffre. L'odeur de boules à mites lui monte au nez. Ensemble, ils vident le coffre et ne trouvent ni couteau ni aucune arme de quelque genre que ce soit. Un peu rassurés, ils retournent s'asseoir.

– C'est peut-être signe que le clown du parc n'a rien à voir avec ce costume, dit Luc.

– Mais on ne peut pas en être certains.

– On pourrait essayer de trouver le monsieur qui a été attaqué pour lui demander à quoi ressemblait le clown, suggère Luc.

– Aussi bien poser la question à la police.

– Ouais. On peut demander à mon oncle.

Chloé regarde Luc comme s'il venait de dire une bêtise.

– Hé, allume ! Tu ne penses pas que Fred est la dernière personne à qui on devrait poser la question ?

Luc ne semble pas comprendre.

– Allô ! Deux plus deux, ça fait quatre ! dit Chloé.

– Qu'est-ce que tu veux dire ?

Au même moment, un fort bruit d'ustensiles entrechoqués leur parvient de la cuisine.

– Qu'est-ce que c'est ? demande Chloé.

– Ça doit être Linda qui vide le lave-vaisselle.

Puis, ils entendent un bruit de chaise renversée, suivi par un cri étouffé. Ils sont aux aguets, à l'affût d'autres bruits. Presque aussitôt, ils entendent des bruits de pas précipités dans le grand escalier. Ils s'approchent de l'escalier pour mieux entendre.

– C'est quoi ce vacarme ? Qui est là ?

C'est la voix de Fredrick. Luc et Chloé montent au rez-de-chaussée et trouvent Fredrick devant la porte de la cuisine. Vêtu de sa robe de chambre, il est armé d'un bâton de golf, prêt à frapper l'intrus. Il baisse la garde en voyant les enfants.

– Qu'est-ce que vous faites là, vous deux ?

– On jasait dans le sous-sol, répond Luc.

– Il serait temps que tu rentres chez toi, Luc. Et toi, Chloé, tu devrais aller te coucher.

– C'était quoi, ces bruits ? demande Chloé.

– Ce n'est rien.

– Ben oui, c'est pour ça que vous vous promenez avec un bâton de golf dans la maison, rétorque Chloé.

Fredrick serre les mâchoires pour reprendre son calme.

– Tu pourras dire à ta mère que tu as entendu le fantôme auquel elle ne croit pas. Tu pourras lui confirmer que c'est bien vrai. La maison est hantée.

En entendant ces mots, Chloé et Luc frissonnent.

– Bon, c'est assez d'émotions fortes pour aujourd'hui. Luc, c'est le temps de rentrer chez toi. Veux-tu appeler ton père pour qu'il vienne te chercher ?

– Non, j'ai mon vélo.

– OK, mais sois prudent, avec le fou qui rôde... Bonne nuit.

Sur ce, Fredrick remonte dans sa chambre.

Chloé raccompagne Luc à la porte.

– As-tu peur de rester ici ? demande Luc. Si tu veux, je peux demander à Fred et Linda de venir m'installer ici pour quelques jours.

– Merci, mais ce ne sera pas nécessaire. Ma mère va revenir bientôt et on va rentrer à la maison. Et tu sais, les fantômes ne me font pas peur. En admettant qu'ils existent. C'est comme si j'étais dans un film.

– Il y a une grande différence entre un film et la réalité.

– Bien sûr. De toute façon, je pense que c'est Fred qui a fait cette mise en scène pour nous envoyer au lit.

– Tu as peut-être raison. Bonne nuit.

– Tu reviens demain ?

– Aussitôt que je peux. Promis.

Chloé referme la porte et la verrouille à double tour avant de monter dans sa chambre. Judy et Christophe dorment paisiblement. Elle fait sa toilette et se couche à côté de sa petite sœur.

Après avoir éteint la lumière, elle a une pensée pour sa grand-mère. Elle espère qu'elle sera bientôt rétablie.

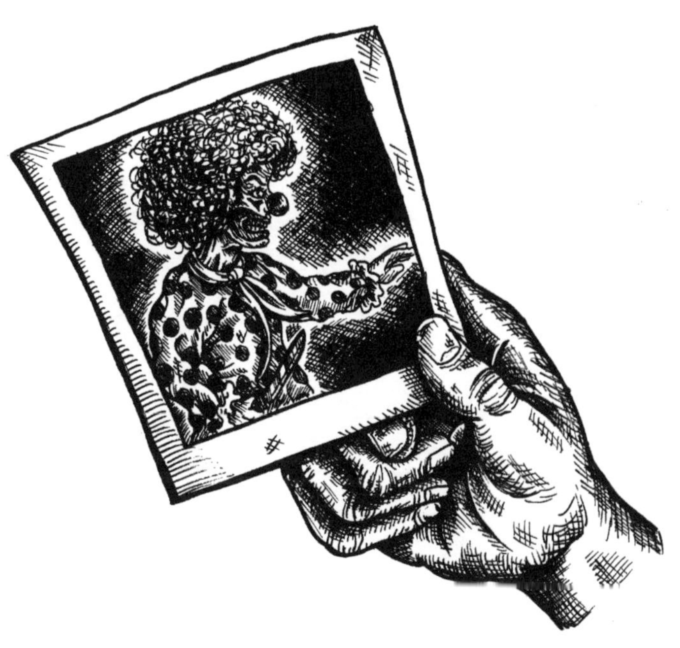

3

Chloé s'amuse à jouer à la patronne de l'auberge dans le bureau pendant que Linda est partie faire des courses. La plupart des clients sont sortis, dont un couple de retraités qui traversent le pays en voiture, et un autre venu à Moose Jaw pour visiter les célèbres tunnels. Le mari voulait commencer par celui appelé *The Chicago Connection*, qui rappelle l'époque de la prohibition et du célèbre Al Capone, mais sa femme l'a convaincu de voir d'abord *Passage to Fortune* qui relate la vie difficile des premiers immigrants chinois au Canada.

La porte du bureau est entrouverte et Chloé entend le bruit de l'aspirateur. La femme de ménage ne tourne pas les coins ronds. Il pleut depuis la veille, et Judy et Christophe écoutent des dessins animés dans leur chambre.

Assise sur la chaise à roulettes, Chloé prend plaisir à faire semblant de répondre à des appels téléphoniques tout en tapant des lettres imaginaires sur le clavier de l'ordinateur. Elle se dit qu'un jour elle travaillera dans un bureau. Elle dicte une lettre à voix haute quand une femme entre dans la pièce.

Chloé se sent ridicule de s'être fait surprendre par cette femme qu'elle n'a jamais vue. Grande et mince, elle est coiffée comme à une autre époque, les cheveux grisonnants tressés et remontés en chignon sur la tête.

Elle porte un chemisier blanc au col de dentelle, une veste et une longue jupe grise et aucun bijou. Elle a en main un carnet de notes rouge vin et un stylo. Cela suffit à Chloé pour la surnommer « l'écrivaine ».

– Je suis désolée de vous déranger, mademoiselle, mais je me demandais s'il y aurait ici des documents qui relatent l'histoire de cette maison.

– Euh… je ne sais pas. Je ne vis pas ici. Je me fais seulement garder.

– Je vois. Désolée de vous avoir dérangée.

Elle tourne les talons, mais Chloé la rappelle aussitôt.

– Si vous voulez regarder dans la bibliothèque, ici, vous allez peut-être trouver quelque chose.

– Merci, c'est gentil, dit la dame en revenant dans la pièce.

– Vous pourriez aussi regarder au sous-sol. Il y a des livres et des albums. Peut-être qu'il y a des photos de la maison.

Tournant le dos à Chloé, la dame commence à examiner les livres rangés par ordre de grandeur. Chloé l'observe et ne peut s'empêcher de lui poser la question qui lui brûle les lèvres.

– Êtes-vous une écrivaine ?

– Oui, répond la dame sans se retourner.

– Est-ce que vous écrivez une histoire sur la maison ?

– Non. En fait, je n'en sais rien. Je cherche.

– Vous cherchez quoi ?

– Je ne sais pas.

– Ça doit être difficile à trouver si vous ne savez pas ce que vous cherchez.

L'écrivaine se retourne et sourit à Chloé.

– Disons que je cherche des idées. Pour certaines histoires, je peux chercher un point d'ancrage pendant des mois et un jour, pouf ! Je le trouve et l'histoire déboule. Tout me vient d'un coup, comme si elle s'écrivait toute seule.

– Wow ! J'aimerais ça écrire, moi aussi, dit Chloé d'un air admiratif.

– Patience, confiance et persévérance. Ce sont les qualités essentielles pour écrire. La curiosité aussi est très importante, ajoute la dame en se retournant vers la bibliothèque.

– Ça, je n'en manque pas ! dit Chloé.

– Bon, je ne vois rien ici qui puisse m'aider. Je vais aller voir au sous-sol. Bonne fin de matinée.

– Merci, vous aussi.

Chloé est songeuse. D'où vient cette femme ? Est-elle une écrivaine connue ? Chloé consulte le registre des clients, mais n'y voit que des prénoms masculins. La dame ne peut pas s'appeler Olivier, ni Emery ni Thomas. Curieux qu'elle ne soit pas inscrite. Chloé reporte son attention sur l'ordinateur et lance Internet. La page d'accueil choisie par Linda présente des nouvelles locales. Chloé est stupéfaite en voyant la photo au centre de l'écran. Elle lit le titre.

Nouvelle attaque de clown au parc Wakamow Valley

Avant de finit de lire l'article, elle scrute la photo. Il s'agit de toute évidence d'une photo prise sur le vif, mais les détails ne mentent pas. Sur le plan de profil en contre-plongée, Chloé reconnaît le costume jaune à pois orange et la perruque orange. Elle ne peut pas distinguer les traits du visage qui n'est visible qu'en partie, mais la peau semble avoir un curieux aspect. Elle lit l'article.

Pour la deuxième fois cette semaine, une personne a été attaquée par un clown sur l'un des sentiers du populaire parc de Moose Jaw.

Une jeune femme qui faisait une randonnée à bicyclette a été attaquée peu après 19 heures alors qu'elle faisait une pause à l'aire de pique-nique du Lions River Park, au bord de la rivière Moose Jaw. « Je venais de m'arrêter pour consulter mon téléphone quand l'espèce de zozo déguisé en clown est sorti de derrière un arbre. Il a couru vers moi en brandissant un couteau, » a raconté la jeune femme visiblement ébranlée.

Elle a poursuivi le récit des évènements en disant qu'elle a eu le réflexe de prendre une photo de l'agresseur. Selon elle, il ne portait pas de masque, seulement du maquillage. Elle a réussi à se défaire du « zozo », comme elle l'a qualifié, en se débattant à coups de pieds. Heureusement, la victime n'a été que légèrement blessée à un mollet.

Le clown s'est enfui alors que la jeune femme composait le 911. Une enquête a été déclenchée. Le service de police de Moose Jaw met la population en garde. Il vaudrait mieux éviter de fréquenter le parc jusqu'à nouvel ordre.

Quand Chloé finit de lire, son cœur bat à toute allure. D'une main tremblante, elle fait suivre le lien de l'article à Luc en lui demandant de venir la rejoindre. Elle envoie ensuite le lien à sa mère qu'elle appelle aussitôt, mais celle-ci ne répond pas. Sa mère l'a prévenue qu'elle fermait son téléphone quand elle était à l'hôpital. Chloé lui laisse un message lui demandant de la rappeler dès que possible.

Vingt minutes plus tard, elle voit par la fenêtre du bureau Luc qui arrive à toute vitesse sur son vélo. Elle court le rejoindre sous la pluie.

– C'est lui ! s'écrie Chloé en se précipitant vers son ami. Tu as vu ? C'est lui !

– Qu'est-ce que tu fais ? dit Luc, tout trempé. Allons dans la maison.

– Non. Les petits sont dans la chambre, la femme de ménage passe l'aspirateur et l'écrivaine est au sous-sol.

– L'écrivaine ? dit Luc en enlevant ses lunettes pour les essuyer.

– Oui, une grande femme maigre qui cherche des idées.

Chloé entraîne Luc vers le pavillon situé à côté de l'auberge pour s'y abriter.

– Je ne sais pas de qui tu parles.

– Ça ne fait rien, dit Chloé. Ce n'est pas elle le problème. Tu as vu la photo du clown ?

– Oui, mais on ne le voit pas bien. La photo est floue.

– La photo a beau être floue, on voit très bien le costume et la perruque et c'est ceux qu'on a trouvés dans le coffre. Tu ne peux pas dire le contraire !

– C'est vrai, mais qu'est-ce qu'on peut faire ?

– Tu n'as pas compris qui se cache sous ce costume.

– Qui ?

– Ton oncle ! C'est Fred !

– Jamais de la vie !

– Ça ne peut être que lui ! insiste Chloé.

– Tu délires ! Fred est policier. Son travail est de protéger les gens, pas de les attaquer.

– Ça s'est déjà vu, tu sais, des policiers, des infirmières ou même des médecins censés sauver les gens et qui deviennent des meurtriers.

– Hé, woh ! Tu regardes trop de films d'horreur.

– Non. Tu as juste à lire les nouvelles pour apprendre de vraies histoires d'horreur, comme celle de l'infirmière en Ontario qui a été condamnée pour avoir tué plusieurs personnes âgées.

– Mon oncle était ici, hier soir ? demande timidement Luc.

– Non, justement.

– Il était où ?

– Il est allé laver son camion. Tu parles d'un hasard ! Quand ta tante lui a demandé pourquoi il perdrait une belle soirée à aller laver son camion, il a répondu que c'était à cause du mariage qu'il va y avoir ici, samedi.

– C'est quoi le rapport ?

– Fred a dit : « La mariée ne voudra pas voir un *pick-up* couvert de bouette à côté de sa limo. Je vais le laver. »

Luc est troublé. Comment imaginer que son oncle puisse faire une chose pareille ? Non, c'est impossible. Fredrick est grincheux, c'est bien connu, mais il n'a rien d'un agresseur. Luc refuse d'y croire.

Le silence s'installe dans le pavillon. Luc et Chloé essaient de comprendre une réalité qui les dépasse. La pluie finit par s'arrêter.

– En as-tu parlé à ta mère ? demande Luc.

– Pas encore. J'attends qu'elle me rappelle.

– Tu ne devrais peut-être pas lui dire.

– Pourquoi pas ? C'est son partenaire ! C'est lui qui garde ses enfants pendant qu'elle est à l'autre bout du pays. Il faut qu'elle le sache !

– Ça ne va pas la faire revenir plus vite, dit Luc.

Silence.

– As-tu peur ? demande Luc.

– Mets-toi à ma place. Et il y a Judy et Chris.

Luc réfléchit.

– On n'a pas de preuve que c'est mon oncle, mais on doit trouver un moyen d'empêcher qu'il y ait d'autres attaques.

– Comment ?

Luc regarde les nuages qui filent à l'horizon. L'air songeur, il dit :

– Penses-tu que la personne attaquerait si elle n'avait pas de costume de clown ?

– Peut-être pas, mais on ne peut pas savoir.

– On peut au moins essayer.

– Essayer quoi ?

Luc se tourne vers Chloé.

– Il faut cacher le costume.

– Hein ?

– Cacher le *jumpsuit*, les souliers, la perruque, le maquillage. Tout le kit !

Après quelques secondes de réflexion, Chloé dit :

– Ce n'est pas bête comme idée. Appelle ton père pour qu'il vienne te chercher et apportez le coffre chez vous.

– Es-tu malade ?

– Quoi ?

– Ce n'est pas très subtil comme plan. Si mon oncle nous voyait faire, qu'est-ce qu'il dirait ? Et qu'est-ce que je dirais à mon père ?

– Je ne sais pas moi… tu pourrais lui dire que…

– Je ne lui dirai rien du tout ! Le coffre reste ici.

– Décide-toi ! Il faut cacher le costume, oui ou non ?

– Oui, mais le coffre doit rester ici.

– Ah. Tu veux dire vider le coffre, mais le laisser au sous-sol.

– C’est ça !

– Où est-ce qu’on mettrait les affaires ?

– Amène-les dans ta chambre.

– Là, c’est toi qui es malade !

– Non ! Tu les caches dans la garde-robe ou sous ton lit. Tout ce qu’il faut, c’est que mon oncle ne puisse pas le trouver.

– OK, mais comment je fais pour monter tout ça dans ma chambre sans me faire remarquer ?

– Linda et Fred ne sont pas ici ?

– Non, mais Linda devrait revenir bientôt.

– Il y a des grands sacs de plastique orange dans le cabanon. Mon oncle les remplit de feuilles mortes à l’Halloween. Je vais en chercher un et je reviens.

Luc s’éloigne au pas de course.

***

Quand Chloé et Luc entrent dans l’auberge, la femme de ménage est en train d’épousseter les meubles du salon. Elle regarde Luc d’un drôle d’air.

– Où vas-tu avec ce sac ? Il n’y a pas de feuilles à ramasser, à ce que je sache.

– Oh, je sais, dit Luc, mais j’ai des choses à transporter.

Elle n’insiste pas.

– Chloé, ta mère a téléphoné.

– Pourquoi vous n’êtes pas venue me chercher ?

– J’ai appelé, mais je ne savais pas où tu étais.

– J’étais juste là, dans le pavillon !

– Je ne pouvais pas deviner que tu étais dehors à la pluie battante. Ta mère a dit de lui écrire si tu as quelque chose d’urgent à lui dire. Ta grand-mère est en salle de réveil et ta mère va te rappeler plus tard.

Chloé fulmine ! Ce qu'elle a à dire à sa mère est trop délicat et trop important pour le faire par écrit. Elle doit attendre son prochain appel.

Quand Chloé et Luc descendent au sous-sol, l'écrivaine s'y trouve toujours. Elle est assise sur le divan avec un album de photos posé sur les genoux. Chloé fait signe à Luc d'aller en douce dans la salle de débarras et de commencer à emballer les choses pendant qu'elle distrait la femme. Luc se faufile sans se faire remarquer. Chloé s'approche de l'écrivaine.

– Vous avez trouvé quelque chose d'intéressant sur la maison ? demande Chloé.

L'écrivaine sursaute en entendant sa voix.

– Ah ! Je ne t'avais pas vue, dit la dame en levant la tête.

Elle a les yeux larmoyants.

– Est-ce que ça va ? demande Chloé.

– Oui, oui, ça va, répond nerveusement l'écrivaine en refermant l'album. J'ai des allergies. Tu sais, ces vieilles maisons poussiéreuses… Je remonte à ma chambre.

La dame se lève et va remettre l'album sur l'étagère. Chloé remarque qu'elle tient un mouchoir de dentelle.

– N'oubliez pas votre carnet de notes ! lance Chloé en voyant le petit cahier sur la table à café.

L'écrivaine revient sur ses pas, prend le cahier et s'en va.

Chloé est perplexe. Elle ne croit pas à cette histoire d'allergies. Pourquoi est-ce que la dame a pleuré ? Elle met cela de côté et va rejoindre Luc.

Quelques minutes plus tard, sans faire de bruit, Luc glisse l'attirail de clown sous le grand lit sur lequel Chris et Judy se sont endormis en regardant des dessins animés. Quand il a terminé, Chloé décide que la sieste des petits a assez duré. Elle les réveille et réussit à les faire lever en leur promettant un cornet de crème glacée. Les quatre vont s'asseoir dehors, au bord de la fontaine. Le soleil est revenu et le temps est agréable.

– Il faut que je retourne chez moi aider mon père, dit Luc.

– Est-ce que tu vas revenir plus tard ? demande Chloé.

– Je ne peux pas. C'est la fête de mon grand-père et on va l'amener au restaurant.

Chloé baisse les yeux.

– Si tu veux, je peux demander la permission de venir m'installer ici pour une nuit ou deux.

– Non, c'est correct. Ça va aller, répond Chloé, jouant la brave. Mais reviens dès que tu peux. S'il te plaît.

– Tu peux toujours m'envoyer un message si nécessaire.

Chloé fait signe que oui en avalant la dernière bouchée de son cornet. Luc se sent mal d'abandonner sa meilleure amie, mais il n'a pas le choix.

***

Cette nuit-là, Chloé fait un rêve étrange. Elle déambulait dans une forêt au clair de lune, seule, pieds nus, en robe de nuit. Elle cherchait quelque chose sans savoir quoi, quand elle a senti que quelqu'un la suivait. Elle s'est cachée derrière un arbre et a attendu, le cœur battant. Comme il ne se passait rien, elle a tourné la tête pour regarder derrière elle. C'est là qu'elle a vu le clown. Celui de la photo. La perruque aux cheveux orange, le costume à pois et le maquillage grotesque. Elle a voulu crier, mais aucun son n'est sorti de sa bouche malgré ses efforts. Elle s'est alors mise à courir et elle a trébuché. Alors qu'elle essayait de se relever, quelqu'un l'a saisie par un bras. Elle s'est débattue sans réussir à se dégager. Elle a encore tenté de crier, mais en vain. Elle s'est alors dit : « C'est un cauchemar ! Je dois me réveiller ! Je dois me réveiller ! »

Elle se réveille en sursaut, à bout de souffle, trempée de sueur.

– Chloé, pourquoi tu tirais mes cheveux ?

La voix de Judy la fait trembler de frayeur.

– Pourquoi tu tirais mes cheveux ? Tu m'as fait mal.

– Je… Je…

Chloé est trop troublée pour répondre. Elle se blottit contre sa petite sœur.

– Pourquoi tu trembles ? demande Judy.

– Chut ! Rendors-toi, ma belle. Fais un beau dodo, dit Chloé, la voix chevrotante.

4

La mère de Chloé appelle en fin de matinée. Avant de donner des nouvelles de l'état de santé de sa mère, elle veut en savoir plus sur ce qui s'est passé au parc Wakamow.

– Pourquoi tu m'as envoyé cet article ? As-tu été témoin de l'incident ?

Chloé explique la situation à sa mère. Elle mentionne le costume de clown découvert dans le sous-sol de l'auberge, le fait qu'elle et Luc soupçonnent Fredrick d'être l'auteur des attaques parce qu'il est le seul, à leur connaissance, à avoir accès au costume et qu'il n'était pas à l'auberge au moment des attaques.

– Tu en as de l'imagination, ma fille !

– Mais maman, qui d'autre aurait pu savoir que ce costume se trouvait ici ? Qui aurait pu venir à l'auberge chercher le costume, aller attaquer quelqu'un, puis rapporter le costume et repartir ? Qui ?

– Je n'ai pas de réponse à te donner, sauf que je travaille avec Fred depuis dix ans et que je suis convaincue qu'il ne ferait jamais une chose pareille.

– Mais maman !

– Ça n'a aucun sens ! Et puis si tu lis l'article comme il faut, la victime dit qu'il ne portait pas de masque. Seulement du maquillage. Tu as lu ça ?

– Oui.

– Tu ne vois pas que quelque chose cloche dans ton hypothèse ?

– Hum… non.

– Tu as bien regardé le visage du clown ?

– Oui.

– Tu n'as rien remarqué ?

– Sa peau à l'air bizarre.

– C'est peut-être juste parce que la photo n'est pas bonne, mais le plus important c'est que l'agresseur ne porte ni moustache ni barbichette.

– …

– Est-ce que Fred a rasé sa moustache et son *goatee* depuis mon départ ?

– Non… mais il peut les avoir recouverts avec le maquillage blanc. En mettre une bonne couche épaisse pour les cacher.

– Chloé, soupire sa mère.

Chloé a l'impression que tout s'écroule autour d'elle. Elle a envie de pleurer. Si le coupable n'est pas Fredrick, qui cela peut-il être ? Prise d'angoisse, elle redevient une petite fille sans défense.

– Chloé !

– …

– Chloé, réponds-moi !

– Quand est-ce que tu reviens ?

– Bientôt, ma chérie. Bientôt, j'espère. Écoute, je dois te laisser et retourner auprès de grand-maman. Je te rappelle ce soir. Embrasse Chris et Judy pour moi.

– Embrasse grand-maman pour moi, dit Chloé, mais sa mère a déjà raccroché.

Déçue, Chloé court s'enfermer dans sa chambre.

***

La nuit suivante, Judy réveille Chloé à deux heures trente du matin pour lui dire qu'elle a vu un monstre à côté du lit.

– Les monstres n'existent pas, ronchonne Chloé. Rendors-toi.

– Je te le dis, Chloé, le monstre était debout à côté du lit et il te regardait dormir.

– Quoi ?

Il n'en fallait pas plus pour que Chloé se réveille totalement. Elle allume la lampe de chevet.

– Il me regardait dormir ? Tu dis qu'il me regardait ?

– Oui. Et il a flatté tes cheveux.

Chloé frémit en entendant ces mots.

– Quel genre de monstre ? Dis-moi à quoi tu as rêvé au juste.

– Ce n'était pas un rêve.

– Ça devait être un rêve puisque les monstres n'existent pas.

– Je ne rêvais pas. Je revenais de la toilette.

Chloé s'assoit dans le lit et tire la couverture jusqu'à son cou.

– OK, raconte.

– Je revenais de la toilette et j'ai vu le monstre dans le grand miroir, là, dit Judy en indiquant le miroir de la commode qui se trouve au pied du lit. Il était debout à côté du lit, de ton côté. Au début, je n'ai pas vu que c'était un monstre parce qu'il était penché et il flattait tes cheveux. Mais quand je suis montée dans le lit, il a levé la tête et là j'ai vu que ce n'était pas un petit garçon, mais un monstre.

– Décide-toi. C'était un garçon ou un monstre ?

– Un garçon avec une tête de monstre.

– Judy, ce n'est pas drôle du tout, ce que tu racontes.

– Je le sais. Ça m'a fait peur.

– Où est-ce qu'il est allé ce…

– Quand il a vu que je l'avais vu, il est parti.

– Parti où ?

– Il a fondu dans la porte.

– Il a « fondu » dans la porte.

– Oui. Il s'est approché de la porte et piou ! dit Judy en écartant les mains et les doigts. Plus de monstre.

Chloé essaie de rassembler ses idées.

– Qu'est-ce que vous faites ? demande Christophe du fond de son lit.

– On parle, c'est tout, répond Chloé. Rendors-toi !

Puis, dans un murmure, Chloé demande à Judy :

– De quoi il avait l'air ?

Judy lui répond tout bas.

– Il était un peu plus grand que moi. La peau de sa main qui flattait tes cheveux était comme toute craquée.

– Craquée ?

– Oui, comme la peau d'un lézard. Et quand il a levé la tête pour me regarder, j'ai vu que la peau de sa face était comme celle de sa main. Comme du papier fripé. Et je pense qu'il lui manquait un œil.

– Et tu as vu tout ça dans le miroir ?

Judy fait signe que oui. Chloé se lève et va chercher la tablette de papier et les crayons de couleur qui se trouvent sur le bureau.

– Dessine-le.

– Non, je veux dormir.

– Dessine-le et après, tu pourras dormir. Allez.

La petite rechigne, mais elle prend les crayons et le papier. Cinq minutes plus tard, elle exhibe fièrement son dessin. Chloé a froid dans le dos en voyant le dessin d'un petit garçon dévisagé, dessiné à grands traits de crayon rouge. Ses cheveux ressemblent à de la laine d'acier, et il y a un trou béant là où aurait dû se trouver son œil droit. Sa main droite et son avant-bras sont aussi dessinés au crayon rouge, telles des plaies vives.

Le lendemain matin, Judy s'empresse de montrer son dessin et de raconter l'incident de la nuit aux clients présents dans la salle à manger. Chloé essaie sans succès de faire taire sa petite sœur trop bavarde à son goût. Les « oh » et les « ah » accompagnés de sourires entendus la rassurent. Mise à part Linda, personne ne semble croire l'histoire de Judy. Sauf peut-être l'écrivaine, assise seule à une table en retrait.

***

Luc arrive à l'auberge en début d'après-midi. Comme Chloé semble troublée par les incidents de la nuit et qu'il fait un temps superbe, il suggère que les quatre aillent faire un tour au parc Wakamow.

– On ira dans la partie Rotary où il y a des balançoires, dit Luc. Judy et Chris vont aimer ça.

J'aime mieux le Kinsmen, dit Chloé. Il y a plus de balançoires. Et il y a un pavillon.

– Oui, mais c'est plus loin.

– Tu peux prendre ton vélo si tu es trop paresseux pour marcher. Nous, on y va à pied.

Linda leur fait appliquer de la crème solaire, leur donne deux litres d'eau et de l'argent pour qu'ils s'achètent une collation au Burger Cabin.

Le fait de se retrouver au grand air, entourée d'arbres, d'oiseaux et d'écureuils a fait du bien à Chloé. Pendant que les petits se balancent à s'en donner mal au cœur, elle et Luc discutent de ce qui s'est produit au cours de la nuit.

– Et si ça recommençait ? demande Luc.

– Ne parle pas de malheur ! Je ne sais pas ce que je ferais.

– Je peux rester cette nuit, si tu veux. Je suis certain qu'on me laissera dormir sur le divan dans votre chambre.

Chloé est songeuse.

– Tu ne dis rien ?

– Je me demande si ce bonhomme que Judy a vu dans la chambre a quelque chose à voir avec les bruits qu'on entend dans la cuisine.

Luc hausse les épaules.

– Pourquoi il était dans notre chambre ? Pourquoi il y a juste Judy qui l'a vu ?

Luc hausse les épaules une autre fois.

Chloé a sommeil. Passer une partie de la nuit éveillée n'est pas sans conséquence. Étendue sur le gazon, elle ferme les yeux. Elle se sent légère. Elle voudrait rester là, sans bouger, sans avoir à penser, sans angoisse, ni envies ni besoins. Elle entend la respiration de Luc allongé tout près d'elle, et les rires de Judy et de Chris qui se transforment parfois en cris stridents. Puis, les éclats de rire des enfants sont couverts par le hurlement d'une sirène. Chloé et Luc se redressent dans un éclair. Le bruit de la sirène se rapproche pendant quelques secondes, puis c'est le silence.

– C'est la police ou les pompiers ? demande Chloé.

– Ou une ambulance ?

– Je ne sais pas, mais ce n'est pas loin d'ici. Allons voir ! dit Chloé en se levant.

– Judy ! Chris ! Venez ! On s'en va.

Les enfants protestent, mais ils obéissent quand Chloé leur promet une collation. Ils ramassent leurs choses et s'en vont.

En arrivant près du Burger Cabin, ils remarquent un attroupement de curieux et deux voitures de police. Ils courent voir ce qui se passe.

Être petit offre l'avantage de pouvoir se faufiler dans la foule. C'est ce que font Luc et Chloé, tenant chacun un enfant par la main, quand une autre sirène retentit. Cette fois, il s'agit d'une ambulance.

D'après la rumeur qui circule parmi les badauds, il vient de se produire une autre attaque au couteau. Chloé entend clairement le mot « clown » répété à plusieurs reprises. « Le même zozo que l'autre jour, » dit un homme.

Assise à une table à pique-nique, une femme pleure en répondant aux questions des policiers. Un ambulancier lui donne une couverture tandis que sa collègue porte secours à un homme étendu par terre. La scène se déroule comme dans un film. En quelques minutes, l'homme blessé aux mains et au torse est stabilisé et installé sur une civière, et l'ambulance repart sirène hurlante. Les policiers font monter la femme dans l'une des autos-patrouilles, tandis que l'autre tandem sécurise la scène avec du ruban jaune et noir.

– Qu'est-ce que tu penses ? demande Luc.

– Je pense qu'on devrait aller voir dans ma chambre si le costume est toujours là.

Sans perdre une seconde, ils partent en direction de l'auberge. Chloé et Luc voudraient courir, mais Judy et Chris sont trop fatigués. Ils mettent plusieurs minutes à longer la rivière, traverser le pont, passer devant le terrain de camping et à monter la côte avant de finalement arriver à destination.

Chloé ordonne aux petits d'aller jouer dans la cour pendant qu'elle et Luc montent à la chambre. En mettant le pied sur le palier, ils s'aperçoivent que la porte est entrouverte. Ils se précipitent à l'intérieur et voient un bout du sac de plastique orange qui dépasse sous le lit. Il a été déplacé. Ça ne fait aucun doute.

– C'est peut-être la femme de ménage, suggère Luc.

– Tu penses vraiment ?

Chloé avance à pas lents vers son lit, suivie de Luc. Elle regarde autour d'elle et ne remarque rien de déplacé. Puis, elle se penche et tire le sac vers elle. Les amis se regardent. Lequel des deux va oser mettre la main dans le sac ?

– Laisse-moi faire, dit Luc.

Le garçon s'accroupit et s'apprête à ouvrir le sac quand Chloé l'arrête.

– Attends !

Elle va dans la salle de bain et revient avec une serviette.

– Ne touche pas le contenu du sac avec tes mains nues. Prends ça, pour ne pas laisser d'empreintes.

– Mes empreintes sont déjà partout.

– Ouais… Prends la serviette quand même. On ne sait jamais.

Luc prend le morceau de tissu, ouvre le sac, saisit le costume et tire lentement. Au tissu à pois orange s'ajoutent maintenant des taches rouges.

– Du sang ! s'exclament Luc et Chloé.

***

Chloé et Luc restent plusieurs minutes dans la chambre à absorber le choc et à essayer de comprendre ce qui a pu se passer. Qui a utilisé le costume ? Qui pouvait savoir qu'il se trouvait là ? Qui était entré dans la chambre ? Qui ? Qui ? Qui ?

– Qui d'autre que Fred ? se lamente Chloé. Je ne vois personne d'autre.

Elle est au bord des larmes. Luc pose une main sur son épaule.

– Moi non plus, je ne vois pas qui d'autre ça pourrait être.

Soudain, Chloé se redresse.

– Est-ce qu'il y a un couteau dans le sac ?

– Je ne sais pas.

– Regarde !

– Pourquoi ?

Luc n'a visiblement pas envie de fouiller à nouveau dans le sac.

– Parce que s'il est là, on va le donner à la police et ils pourront prendre des empreintes digitales.

– Pas nécessairement. Peut-être que le zozo portait des gants.

– On ne peut pas savoir, alors regarde !

Luc se lève et reprend la serviette. Il ouvre le sac et en vide le contenu sur le plancher de bois : le costume, la perruque, les gants et les énormes chaussures.

– Pas de couteau, dit Luc.

– Pas de couteau, répète Chloé.

– Hé, attends ! s'exclame Luc. Et la trousse à maquillage ?

– La trousse ! Tu as raison.

– On a dû la laisser dans le coffre.

– Allons voir ! dit Chloé.

Luc et Chloé sortent de la chambre et descendent au deuxième étage sans faire de bruit. Personne sur le palier. Ils tournent à droite pour se rendre à l'escalier qui mène au rez-de-chaussée et voient que la porte de la chambre principale est entrouverte. Luc fait signe à Chloé. Elle s'arrête, étire le cou et jette un coup d'œil dans la chambre. Fredrick est là ! Debout devant le miroir, torse nu, une serviette autour des hanches, il sèche ses cheveux à la serviette. Chloé fige sur place.

– Il sort de la douche, murmure-t-elle.

– Tu penses que…

– Viens-t'en !

Chloé prend Luc par le bras et ils foncent vers l'escalier qu'ils dévalent à toute vitesse. Arrivés au sous-sol, ils sont hors d'haleine.

– Fred sort de la douche ! dit Chloé. Tu sais ce que ça veut dire ?

Luc devient blême et ne dit rien.

– Il faut prendre une douche pour enlever tout le maquillage que ça prend pour cacher une moustache et un *goatee*, dit Chloé. Et pour laver des taches de sang.

– Je ne pense pas que…

– Tu ne penses pas ? Je le vois bien que tu ne penses pas ! Réfléchis deux secondes !

Luc et Chloé sont tellement absorbés par les évènements qu'ils n'ont pas remarqué que l'écrivaine est dans la pièce et feuillette un album-souvenir. Quand ils s'en rendent enfin compte, ils se taisent.

– Il y a un problème ? demande l'écrivaine.

– Euh… fait Luc. Non. Non, pas de problème.

– Il y a eu une autre attaque de clown dans le parc, lance Chloé.

Luc lui fait de gros yeux.

– Ben quoi ? Ce n'est pas un secret ! Ça va être partout dans les nouvelles.

– Une attaque en plein jour ? dit l'écrivaine.

Chloé et Luc font signe que oui.

– Et ils étaient deux, ajoute Chloé.

– Elle veut dire deux à se faire attaquer, précise Luc. Pas deux zozos.

– C'est ça, dit Chloé.

L'écrivaine est songeuse.

– Vous ne parlez pas beaucoup, dit Chloé.

L'écrivaine la regarde et lui adresse un timide sourire.

– Je n'ai pas pu m'empêcher de vous entendre : la douche, le maquillage, les moustaches. Ça veut dire quoi ?

Chloé et Luc se regardent, pincent les lèvres et haussent les épaules. L'écrivaine attend une réponse.

– Rien d'important, dit Luc.

– Non, rien d'important, ajoute Chloé.

– Vous aviez pourtant l'air… comment dire ? Surexcités. Inquiets. Je me trompe ?

Luc et Chloé serrent les lèvres et haussent les épaules à nouveau.

– Vous ne voulez pas parler ? D'accord. C'est votre droit, dit l'écrivaine en reportant son attention sur l'album-souvenir.

– Et vous, qu'est-ce que vous faites ? demande Chloé. C'est quoi, ce grand livre ?

– C'est un album qui contient des coupures de journaux.

– Des coupures de journaux sur quoi ?

– Différents sujets, dont un accident qui s'est produit à Chicago.

– Quel genre d'accident ? demande Luc.

– Un accident de train.

– C'est arrivé quand ? questionne Chloé.

– Il y a cent ans.

– On peut voir ? demande Chloé.

– Ce ne sont pas des images pour les enfants.

Sur ce, l'écrivaine referme l'album, va le remettre dans la bibliothèque et remonte à l'étage sans ajouter un mot.

– Les journaux existaient il y a cent ans ? dit Luc.

– Ben oui. Ils existaient déjà dans le temps de Jack l'Éventreur, dans les années 1880, et même avant.

– Toi et tes histoires d'horreur.

– Pourquoi est-ce qu'elle n'a pas voulu qu'on regarde, tu penses ? demande Chloé.

– Parce qu'elle nous prend pour des enfants.

– Va chercher le *scrapbook*, dit Chloé.

– Non.

– Vas-y ! Je veux voir ce qu'il y a dedans, insiste Chloé.

– On n'est pas venus ici pour ça ! Je te rappelle qu'on cherche un couteau et une trousse à maquillage.

– Oui, oui, soupire Chloé.

Ils vont vers la pièce du fond. En arrivant devant la porte, ils s'aperçoivent que la lumière est allumée.

– Quelqu'un est venu ici, dit tout bas Chloé.

– L'écrivaine ?

– Je ne sais pas, mais si ce n'est pas elle, elle a peut-être vu qui c'était.

Ils ouvrent la porte. Le coffre est à l'endroit habituel et le couvercle est fermé.

– Est-ce qu'on avait remis les magazines sur le coffre ? demande Chloé.

– Je ne me souviens pas.

Ils ouvrent le coffre et, à leur grande déception, ils n'y trouvent ni couteau ni trousse à maquillage.

***

Ce soir-là, au souper, Chloé ne cesse de jacasser. Elle parle de tout et de rien, comme pour éviter la moindre seconde de silence. Les incidents de la journée et de la nuit précédente l'ont rendue fébrile. Elle est assise en face de Fredrick, comme d'habitude, mais aujourd'hui, sa présence la rend nerveuse. Elle regarde sans cesse sa moustache et sa barbichette à la recherche de traces de maquillage blanc ou rouge.

– Qu'est-ce que tu as à me dévisager ? demande Fredrick.

– Rien, répond Chloé en baissant les yeux sur sa salade.

– Et qu'est-ce que tu as à gigoter autant ? poursuit Fredrick. As-tu la danse de Saint-Guy ?

– La quoi ?

– La danse de Saint-Guy. C'est une maladie qui fait gigoter, comme toi ce soir. Au Moyen-Âge, on aurait dit que tu étais possédée et on t'aurait brûlée vive, répond Fredrick en lui faisant de gros yeux.

– Fred, laisse-la tranquille ! dit Linda. Tu vas l'effrayer avec tes histoires.

C'est réussi. Chloé est incapable d'avaler une autre bouchée de sa délicieuse salade d'endives et asperges, ses légumes préférés. Elle demande la permission de quitter la table. Linda lui fait signe que oui.

– Je m'excuse, Chloé, dit Fredrick. Je ne voulais pas te faire peur. Je suis fatigué. J'ai eu une grosse journée.

« Grosse journée, oui… », se dit Chloé en se levant.

Elle décide d'aller dehors. En passant par la véranda, elle aperçoit l'écrivaine assise dans l'une des chaises Adirondack, son carnet de notes ouvert sur ses genoux. Elle semble dormir. Chloé s'assoit sur la chaise voisine. Elle étire le cou pour jeter un coup d'œil au carnet, mais ne réussit pas à déchiffrer les mots tracés sur les pages jaunies. La dame tient entre ses doigts osseux un antique stylo-plume à la pointe dorée.

Le bruit d'une motocyclette qui monte la côte près de l'auberge réveille l'écrivaine.

– Qu'est-ce que c'est que ce vacarme ? dit-elle.

Elle remet le capuchon sur son stylo-plume. Chloé la regarde.

– On va tous devenir sourds avec ces sales engins.

– Vous parlez souvent toute seule comme ça ? demande Chloé.

L'écrivaine sursaute et porte une main à sa poitrine.

– Ah ! Tu veux me faire faire une crise cardiaque ?

– Vous êtes malade ?

– Non, mais je n'aime pas être surprise.

– Qu'est-ce que vous faites ici ? demande Chloé.

– Je... Je me repose.

– Vous n'êtes pas venue pour le Festival of Words ?

– Oui, c'est ça. Le festival...

– C'est quoi, votre travail ?

– Je suis romancière.

– Vous écrivez des romances ?

– Non, pas des romances, des romans.

– Hum. Vous vivez où ?

– Tu es bien curieuse ?

– Moi, je reste pas loin d'ici, sur la rue Ominca.

– Tant mieux pour toi.

– Pourquoi vous êtes bête avec moi ?

– Je te demande pardon. Je suis un peu bourrue ce soir. Qu'est-ce que tu fais ici si tu n'habites pas loin ? Où sont tes parents ?

Chloé lui explique sa situation.

– J'ai hâte de retrouver ma chambre à la maison avec mon lit et mes affaires. Ici, j'ai l'impression d'être dans un musée de la dentelle.

L'écrivaine sourit.

– Les vieilles maisons et les planchers qui craquent, ce n'est pas ton style.

– Non. Et les fantômes non plus.

– C'est vrai, j'oubliais que la nuit dernière ta petite sœur et toi avez eu un visiteur.

– Ouais. Je n'ai pas hâte d'aller me coucher ce soir.

– Tu sais, cette entité ne te veut sans doute aucun mal.

– Peut-être, mais ça me fait peur quand même. Les fantômes, j'aime ça dans les films et dans les livres, mais pas dans ma chambre. Je n'aime pas non plus les entendre faire du bruit dans la cuisine.

– Tu l'entends jusqu'au troisième étage ?

– Non, mais l'autre soir, Luc et moi on était dans le sous-sol et on l'a entendu. Est-ce que c'est pour ça que vous êtes ici ? Pour le fantôme ?

– Un peu, mais pas tout à fait.

Silence.

– Et ? demande Chloé, curieuse.

– Bon. Puisque le spectre s'est montré à toi…

– C'est ma sœur qui l'a vu. Pas moi.

– Oui, bon, mais puisqu'il s'intéresse à toi…

– Il s'intéresse à moi ? lance Chloé en se redressant sur sa chaise.

– Ta sœur a dit qu'il était penché sur toi et qu'il jouait dans tes cheveux, non ?

– Oui.

– Donc il s'intéresse à toi.

– Je n'aime pas ça. Je n'aime pas ça du tout !

– Tu n'y peux rien. Donc, puisque le spectre s'intéresse à toi, je vais partager une histoire avec toi.

– Un secret ?

– Ce n'est pas un secret, mais une chose qui s'est passée ici, il y a une dizaine d'années. Onze ans, pour être précise.

– C'est quoi ?

– Viens me rejoindre au sous-sol dans une demi-heure.

– Pourquoi dans le sous-sol ?

– Parce que j'ai quelque chose à te montrer.

– Mon ami Luc s'en vient. Il peut venir avec moi ?

L'écrivaine hésite un instant avant de dire oui. Elle prend son carnet et son style-plume et rentre dans la maison.

***

Quand Chloé et Luc arrivent au sous-sol, l'écrivaine y est déjà. Elle feuillette un album de photos.

– Bonsoir. Venez vous asseoir.

Luc regarde Chloé et lui fait signe d'y aller la première. Chloé prend place à la droite de l'écrivaine sur le divan de cuir en forme de L, et Luc va s'asseoir à côté de son amie.

– Vous savez qu'il y a eu un incendie dans cette maison ? demande l'écrivaine.

Chloé et Luc sont surpris par la question. Ni l'un ni l'autre n'a entendu parler d'un incendie à l'auberge.

– Eh bien, il y a eu un incendie, ici, il y a onze ans. Le feu a commencé dans la cuisine. Avez-vous remarqué que la cuisine est plus moderne que le reste de la maison ?

Chloé et Luc font signe que non.

– Eh bien, c'est le cas. La cuisine originale et une partie de la salle à manger ont été détruites par le feu. Et un petit garçon est mort dans l'incendie.

Luc et Chloé écarquillent les yeux et se regardent.

– Ce petit garçon s'appelait Wally. Il avait dix ans.

Silence. L'écrivaine ouvre l'album vers la fin et s'arrête sur une photo qu'elle leur montre. Chloé et Luc voient sur le cliché une demi-douzaine d'enfants portant des chapeaux colorés assis autour d'une table. Debout, au centre, un beau petit garçon aux cheveux bruns qui porte un t-shirt de Superman affiche un sourire démesuré. Devant lui, trône sur la table un gâteau d'anniversaire avec dix bougies allumées. Derrière lui, il y a une banderole sur laquelle il est écrit : Bonne fête. De chaque côté, des bouquets de ballons gonflés à l'hélium complètent le décor de la fête.

– Cette photo a été prise le jour du dixième anniversaire de Wally. Ses parents avaient organisé une fête.

– Vous étiez là ? demande Chloé.

J'étais déjà ici, oui. Je veux dire, j'étais présente.

L'humeur de l'écrivaine semble soudain se rembrunir.

– Ça vous rend triste d'y penser ? dit Chloé.

– Oui, mais ce qui me rend triste, ce sont surtout les circonstances de la mort de Wally.

– C'est vrai que mourir dans un feu, c'est terrible, dit Luc.

– Surtout si ce n'est pas un accident, ajoute l'écrivaine.

Étonnés, Chloé et Luc la regardent.

– Vous voulez dire que… balbutie Chloé.

– Je veux dire qu'il s'agissait d'un incendie criminel.

Ces paroles sont suivies d'un autre moment de stupeur.

– Vous êtes certaine ? demande Luc.

– Absolument certaine.

– Vous savez qui a mis le feu ? demande Chloé.

– Oui. C'est le père de Wally.

Chloé et Luc sont horrifiés à l'idée qu'un père ait pu volontairement mettre le feu à une maison en sachant que son fils se trouvait à l'intérieur. L'écrivaine les assure que c'est la vérité.

Deux jours à peine après le dixième anniversaire de Wally, l'enfant et sa mère étaient dans la cuisine quand de vieux chiffons imbibés d'essence ont pris feu, dans un seau de métal devant la porte menant à la cour arrière. La mère a tenté en vain de l'éteindre tout en criant à son fils de sortir par la porte de la salle à manger, mais celle-ci était bloquée. La mère a appelé les secours. Quand les pompiers sont arrivés, ils ont brisé la fenêtre de la cuisine, sont entrés, et ont trouvé la femme étendue par terre. Elle avait inhalé de la fumée, mais n'avait subi aucune brûlure. Mais malheureusement, pour son fils, il était trop tard. Le garçon avait été brûlé gravement au visage et aux mains en essayant d'étouffer le feu dans la chaudière.

Le père de l'enfant a été arrêté le lendemain. Il était connu pour avoir des troubles de la personnalité. Il pouvait passer d'un état paranoïaque à un état agressif en un instant et sans aucune provocation. Ses voisins le craignaient. Ses collègues de travail le craignaient. Ses rares amis le craignaient. Il a été reconnu coupable d'avoir déclenché un incendie criminel ayant causé la mort et a été emprisonné.

Le petit Wally a été enterré au cimetière municipal de Moose Jaw. Peu de temps après le procès, la mère inconsolable a vendu la maison avec son contenu, et elle a quitté la province. Les nouveaux propriétaires ont construit une cuisine moderne et restauré la salle à manger. Ils ont revendu la maison il y a trois ans.

Après avoir terminé le récit de la tragédie dont la maison a été le théâtre, l'écrivaine se tait et commence à feuilleter machinalement l'album. Chloé et Luc l'observent dans un silence respectueux jusqu'à ce qu'ils aperçoivent sur un des clichés un clown avec un bouquet de fleurs à la main. Entouré d'enfants, il porte un costume à pois, une perruque orange et d'immenses chaussures blanches. Chloé et Luc s'exclament en chœur, en pointant la photo du doigt :

– C'est lui ! C'est le clown des attaques !

– Quoi ? s'exclame l'écrivaine. Vous pensez que c'est lui qui…

– Oui ! Vous n'avez pas vu la photo prise par la femme qui a été attaquée ?

– Non.

– C'est lui ! affirme Luc. C'est le zozo avec le même costume et les mêmes cheveux. Hein, Chloé ?

– Oui. C'est lui, répond Chloé sans quitter la photo des yeux.

– C'est qui, dans le costume sur la photo ? demande Luc.

– C'est Joe. Joseph Coyle. Le père de Wally. Il était clown dans ses temps libres.

Luc et Chloé sont bouche bée. Comment ce clown pouvait-il attaquer des gens dans le parc Wakamow s'il était en prison ?

5

La journée avait été mouvementée pour tous et la fatigue se faisait sentir. Chloé donna un bain à Judy et Christophe et les mit au lit. Elle les borda et ils s'endormirent sans dire un mot. Leur excursion au parc, les heures passées à se balancer et à courir les avaient épuisés. C'était tant mieux, parce que ce soir Chloé n'aurait pas eu la patience de leur lire une histoire ou de négocier pour qu'ils aillent se coucher.

La nouvelle attaque du zozo et l'histoire du petit Wally avaient miné le moral de Chloé. Heureusement, Luc avait obtenu la permission de passer la nuit à l'auberge. Il était dans la chambre avec Chloé quand Fred est venu la prévenir que sa mère était au téléphone. Chloé courut prendre son appel. Quand elle remonta, elle était tout sourire. Plus aucune trace de stress ou de fatigue ne se lisait sur son visage.

– Ma mère revient dans deux jours ! dit-elle à Luc.

Elle parle tout bas pour ne pas réveiller les petits, mais cela ne l'empêche pas de sautiller de joie tellement elle est contente.

Assis sur la chaise berçante, Luc ne peut s'empêcher de sourire en voyant son amie se réjouir.

– Je ne t'ai jamais vue comme ça !

– C'est parce que ma mère n'est jamais partie aussi longtemps. Je suis tellement contente ! Deux autres dodos et je vais retrouver ma chambre.

Tout à coup, le regard de Luc est attiré vers le miroir plein pied qui se trouve au fond de la chambre, à côté de la fenêtre. Il y voit le reflet de Chloé qui sautille toujours, avec ses cheveux qui battent ses épaules, mais il y perçoit aussi autre chose. Intrigué, il plisse les yeux, comme si ses lunettes ne suffisaient pas pour bien voir.

Il distingue derrière Chloé une autre silhouette, environ de la même taille qu'elle, mais moins solide, comme brumeuse. Voyant l'expression sur le visage de Luc, Chloé s'arrête de sauter.

– Qu'est-ce qu'il y a ?

Luc ne répond pas. Chloé s'approche de lui.

– Luc, qu'est-ce qui se passe ?

Luc dit tout bas :

– Regarde derrière toi.

– Quoi ?

– Regarde derrière toi !

Chloé se retourne et balaie la chambre du regard. Sa lampe de chevet éclaire la pièce. Sa sœur et son frère dorment paisiblement. Les rideaux sont tirés.

– Je ne vois rien de spécial.

– Le miroir à côté de la fenêtre. Regarde dans le miroir.

Lentement, Chloé tourne la tête pour voir le grand miroir mural, au pied du lit de Christophe. Son sang se glace dans ses veines quand elle aperçoit le spectre qui se dessine derrière elle. Plus elle le regarde, plus il prend forme. Elle reconnaît le visage à la peau abîmée qu'a dessiné Judy. Et elle voit le trou sombre là où aurait dû se trouver un œil. Chloé ne peut ni crier ni s'enfuir. Elle est paralysée.

– Tu vois le logo sur son t-shirt ? murmure Luc.

Chloé fait signe que oui.

– Superman, dit Luc.

Chloé n'arrive pas à parler. Elle sent ses cheveux se dresser sur sa nuque. Elle voudrait dire : « C'est le même t-shirt que sur la photo de Wally », mais aucun son ne sort de sa bouche. Peu importe, il semble que Luc ait lu dans ses pensées.

– C'est lui, dit-il tout bas.

Chloé est frigorifiée. Le spectre la regarde. Elle crie, intérieurement : « Qu'est-ce qu'il me veuuuuut ? »

– Parle-lui, dit Luc.

« Lui parler ? Tu es fou ! »

– Parle-lui, répète Luc. C'est à toi qu'il s'intéresse.

Chloé ouvre la bouche, mais est incapable de parler. Le spectre, jusque-là aussi immobile qu'elle, semble soudain réagir. Il regarde maintenant Luc, puis à nouveau Chloé. Il ouvre ouvre la bouche et son visage hideux se crispe comme s'il allait éclater en sanglots. Voyant cela, Chloé réagit instinctivement.

– Ne pleure pas, dit-elle d'une voix douce et chevrotante.

Le spectre hoche la tête de gauche à droite, puis il plaque ses mains contre son visage et ses épaules se mettent à sauter.

– Non, ne pleure pas, répète Chloé.

Le spectre continue de pleurer et disparaît au bout de quelques secondes. Chloé et Luc sont abasourdis, bouleversés par cette vision déchirante. Luc se lève et va vers Chloé. Ses jambes tremblent. Chloé fond en larmes et Luc la serre dans ses bras. Étranglé par l'émotion, il est incapable de dire quoi que ce soit pour réconforter son amie.

***

Luc et Chloé ont discuté, analysé, décortiqué les faits pour essayer de comprendre ce qui se passait dans cette maison au lourd passé.

Ils ont conclu que le fantôme était celui de Wally. Cela fait onze ans qu'il est prisonnier des lieux. S'il avait vécu, il aurait aujourd'hui 21 ans. Ils comprennent maintenant l'origine des bruits et des éclats de voix provenant de la cuisine tard le soir. La violence de l'incendie a imprégné les lieux. La cuisine en a gardé la mémoire. Puis ils se demandent pourquoi l'écrivaine leur a raconté cette histoire. Pour leur faire peur ? Pour les mettre en garde ? Est-ce qu'elle sait que c'est l'esprit de Wally qui hante la maison ? Wally y a trouvé la mort à cause de son père, un père dérangé mentalement. Qu'est-ce qui a pu pousser cet homme à tuer son fils d'une façon aussi horrible ? Quant à la photo de ce père meurtrier portant le même costume de clown que celui qui attaque aujourd'hui des gens au parc Wakamow, comment l'expliquer ?

C'est pour essayer de trouver des réponses que Luc et Chloé décident de faire des recherches. Peut-être trouveront-ils de l'information sur le procès dans Internet. Qui sait ? L'accusé a pu faire des aveux et expliquer son geste. Trop impatients pour attendre au lendemain, ils vont dans le bureau de Linda pour utiliser son ordinateur.

***

Il est tard et tout est calme dans l'auberge. C'est un vrai défi de descendre les deux escaliers sans faire craquer les marches. Luc et Chloé ont presque atteint le rez-de-chaussée quand Luc s'arrête. Il saisit Chloé par le bras et lui fait signe de regarder dans le miroir suspendu au-dessus de la console. Wally les suit ! Ils le voient, quelques marches derrière eux. Chloé s'agite et Luc lui fait signe de l'ignorer. Ils reprennent leur descente. Chloé a peur, mais elle tient le coup.

Parvenus au rez-de-chaussée, ils vont à gauche pour se rendre au bureau de Linda. En passant devant l'horloge grand-père, celle-ci sonne un coup pour marquer la demie de l'heure. Chloé pousse un petit cri en entendant le bruit retentir dans la nuit. Avant d'entrer dans le bureau dont la porte est fermée, Luc jette un regard oblique au miroir qui se trouve au-dessus du foyer. Wally est toujours là. Luc ne dit rien. Chloé essaie d'ouvrir la porte du bureau, mais elle est barrée. Heureusement, il y en a une autre qui donne sur la cuisine. Ils traversent la salle à manger et Chloé s'arrête juste avant d'entrer dans la cuisine.

– Si Wally était là ? demande-t-elle.

– Non. Il est derrière toi.

Luc le sait, car il voit le spectre dans le miroir du vaisselier. Chloé gémit de peur. Luc se dit alors qu'ils doivent s'équiper de petits miroirs pour pouvoir détecter la présence du fantôme en tout temps.

Chloé accélère le pas, traverse la cuisine et file dans le bureau de Linda. Elle allume l'ordinateur et tape le mot de passe : fredetlinda. Elle clique sur l'icône du navigateur Internet et tape « Joseph Boyle » dans le moteur de recherche. Plus de trente-deux millions de résultats en une demi-seconde. Le premier résultat est à propos d'un Joseph Boyle surnommé Le roi du Klondike. Un aventurier canadien et homme d'affaires né en 1867 et décédé en 1923. Aucun lien avec ce qu'ils cherchent.

– Il me semble que l'écrivaine a dit Coyle. Pas Boyle, murmure Luc.

– Coyle. Je n'ai jamais entendu ce nom-là.

– Essaye quand même.

Chloé remplace le B par un C. Un million trois cent cinquante mille résultats. Le premier Joseph Coyle, 1900-1949, était éditeur de journaux et inventeur des cartons servant à transporter les œufs. Il y a plusieurs Joseph Coyle sur les réseaux sociaux. Ils trouvent un diplômé de Harvard, un médecin, un acteur, un ex-joueur de football, un qui est mort en février 2014. La liste est longue.

– Essaye « Joseph Coyle clown », suggère Luc.

Chloé ajoute le mot « clown » dans sa recherche. Cent vingt et un mille résultats. Le premier en liste lui donne froid dans le dos : Showmen's Rest, le cimetière de clowns de Chicago. Le deuxième résultat est : Vous avez peur de la malédiction du clown ? Le troisième : Big Joe Coyle, dont la femme et les deux enfants sont décédés…

– Ça ne peut pas être lui, dit Chloé. Sa femme a survécu et il a perdu un fils, pas deux.

– Regarde celui-là ! s'exclame Luc en pointant l'écran : « Le désastreux accident de train du Cirque Hagenbeck-Wallace ». Clique dessus.

– Je veux lire le premier avant. Celui sur le cimetière de clowns de Chicago. Chicago, ça te dit quelque chose ?

– Ben, c'est une ville des États-Unis.

– Dah ! Le *scrapbook* que l'écrivaine regardait. Elle a parlé d'un accident à Chicago.

Chloé clique sur le premier résultat et lit.

> Showmen's Rest est le site d'une fausse commune de clowns et d'autres artistes de cirque à Chicago après qu'un accident de train eut tué 86 membres du cirque Hagenbeck-Wallace, en 1918.

– Je ne vois pas de rapport avec Joseph Coyle, dit Luc.

– Attends. Je regarde plus bas.

C'est ainsi qu'ils découvrent le drame vécu par Joseph Coyle, un clown appelé « Big Joe Coyle ». Dans la nuit du 22 juin 1918, un train transportant les artistes du cirque s'était immobilisé sur la voie ferrée à cause d'un problème mécanique et il a été embouti par un autre train dont le conducteur s'était endormi. C'est arrivé près de Hammond, en Indiana. Les clowns, trapézistes et hommes forts ainsi que leurs familles dormaient. La plupart des victimes ont été tuées par l'impact tandis que plusieurs autres, coincées dans les débris, sont mortes après que les lampes au kérosène eurent enflammé les wagons de bois. Les survivants ont vu, impuissants, des dizaines de leurs proches succomber dans les flammes. L'un d'eux, Joe Coyle, a été vu pleurant à côté des corps de sa femme et de ses enfants. En plus des 86 morts, l'accident a fait 127 blessés.

L'article est accompagné de deux photos. Sur la première, on voit les carcasses des trains accidentés d'où s'échappe de la fumée. Sur la seconde, on voit des dizaines de personnes massées autour d'une fausse commune qui compte au moins quarante cercueils.

Chloé et Luc consultent ensuite d'autres résultats de la recherche, mais ils ne trouvent rien concernant le procès du père de Wally.

– Allons en bas voir dans le *scrapbook*, suggère Chloé.

Luc accepte. Quand ils arrivent devant la porte qui donne sur la cuisine, ils entendent un bruit de chaise renversée. Ils s'arrêtent et tendent l'oreille.

– C'est peut-être quelqu'un qui s'est enfargé dans le noir, murmure Luc.

– Peut-être.

Chloé saisit la poignée de la porte, la tourne et ouvre de quelques centimètres. Aussitôt, une forte odeur de fumée envahit la pièce.

– Ça sent le brûlé !

À ces mots, d'autres bruits retentissent, comme si quelqu'un courait dans la cuisine et frappait les armoires. Chloé referme la porte. Elle tremble de tous ses membres. Ensuite, ils entendent des cris étouffés.

– On ne sort pas par là, dit Luc.

Ils se précipitent vers la porte qui donne sur la salle à manger. Heureusement, ils peuvent la déverrouiller de l'intérieur.

– Je compte jusqu'à trois, dit Chloé, et on court dans ma chambre. Un, deux, trois !

Chloé ouvre la porte et ils se précipitent dans l'autre pièce, courent dans le lobby et tombent nez à nez avec Fredrick.

– Qu'est-ce que vous faites là ? dit-il d'une voix ensommeillée.

– Rien, répond Luc. Tu as entendu les bruits ?

– Si je les ai entendus… Pas moyen de dormir en paix ici ! grogne Fredrick. Allez vous coucher !

Luc et Chloé ne se font pas prier pour monter. L'album-souvenir attendra.

De retour dans la chambre, les petits dorment toujours. Chloé marche de long en large et Luc s'assoit sur la chaise berçante. Il a l'air préoccupé.

– Ça ne va pas ? demande Chloé.

– Non.

– Qu'est-ce qu'il y a ?

– Tu me demandes ce qu'il y a ? Il y a un zozo qui attaque du monde dans le parc, c'est peut-être mon oncle, on est dans une maison qui abrite le fantôme d'un petit garçon brûlé par son père, et il y a des manifestations bizarres dans la cuisine, dit Luc, la voix tremblante. Je ne veux pas dormir ici !

Chloé lui jette un regard rempli de colère.

– Tu veux t'en aller ? Tu es vraiment courageux. Wow ! Pour quelqu'un qui rêve de devenir un superhéros…

Luc est au bord des larmes.

– Va-t'en, peureux ! Moi, je n'ai pas le choix de rester ici.

Luc balbutie quelques paroles que Chloé ne comprend pas et cela lui est égal. Elle est déçue par son ami.

Luc se lève, semble hésiter, puis il va s'allonger sur le divan.

– Je vais rester, mais je ne dormirai pas.

Chloé ne se donne pas la peine de lui répondre. Elle se glisse sous les couvertures, tout habillée, et repasse dans sa tête les évènements de la journée.

Elle s'endort en imaginant ce qu'elle pourrait trouver dans l'album qui contient des coupures de journaux.

***

Chloé est réveillée au milieu de la nuit par Luc. Quand elle ouvre les yeux, il se tient à côté de son lit, le visage ruisselant de larmes.

– Qu'est-ce qui se passe ? demande Chloé.

Elle regarde le radio-réveil. Il est deux heures seize.

– J'ai fait un rêve, dit Luc avec difficulté.

– Un cauchemar ?

Luc fait signe que non.

– Pourquoi tu pleures alors ?

– J'ai rêvé à ma mère et ma sœur.

À ces mots, Luc se met à pleurer. Chloé s'assoit dans son lit, prend la main de Luc et l'invite à s'asseoir à côté d'elle.

– Ce n'était pas un beau rêve, dit Chloé tout bas.

Luc hoche la tête de gauche à droite.

Chloé a connu la mère et la sœur de Luc puisqu'ils étaient déjà amis au moment de l'accident. En revanche, elle a peu de souvenirs d'elles, car elle avait seulement quatre ans quand elles sont mortes. Chloé se souvient d'avoir rendu visite à Luc à l'hôpital en compagnie de sa mère. Elle se souvient aussi d'avoir assisté aux funérailles avec sa mère et son père. Ils étaient encore ensemble dans ce temps-là. Sa mère était enceinte de Judy.

– Tu veux me raconter ? demande Chloé en tendant un papier mouchoir à son ami.

Luc essuie son visage et se mouche avant de parler.

– Ça faisait longtemps que je n'avais pas rêvé à elles. J'avais presque oublié le son de la voix de ma mère. Elle était tellement belle. Et ma grande sœur…

Chloé pose une main sur l'épaule de Luc, comme pour lui donner le courage de continuer.

– Après l’accident, quand je me suis réveillé à l’hôpital… Tu ne me croiras peut-être pas, mais… Je n’en ai jamais parlé à personne. Quand je me suis réveillé, je les ai vues dans ma chambre.

– Tu les as vues ?

– Oui. Elles étaient au pied de mon lit et me regardaient.

Luc se remet à pleurer. C’est la première fois que Chloé voit son ami dans un tel état. Mal à l’aise, elle murmure :

– Prends ton temps. Tu as vécu des choses difficiles.

Luc reprend le contrôle de ses émotions.

– Quand je me suis réveillé, j’étais branché sur des machines et je n’entendais rien. Je ne suis même pas certain si j’ai ouvert les yeux, mais ma mère et ma sœur étaient au pied de mon lit. Elles me souriaient. Ma mère m’a dit que tout irait bien. Qu’elle veillait sur moi. Que je n’avais pas à m’inquiéter. Sa voix était comme dans ma tête. Dans mon cœur. Elle a pris ma sœur par la main et elle m’a soufflé un bec. Ensuite, elle a dit : « N’oublie jamais que je t’aime et que je suis fière de toi. » Ma sœur a dit : « Tu seras toujours mon héros, Ti-Luc. »

Les mots de Luc restent suspendus dans la nuit.

– Et cette nuit, qu’est-ce qui s’est passé dans ton rêve ?

Luc s’anime soudainement, comme nourri par une énergie nouvelle.

– Je ne suis pas certain où j’étais, mais j’étais dehors. Comme au bord de la rivière dans le parc.

– Qu’est-ce que tu faisais là ?

– Rien. J’étais juste là. Je pense que je pensais à toi. Je me disais : « Il ne faut pas que je sois en retard.

Chloé a besoin de moi. » J'allais partir et pouf ! Ma mère et ma sœur sont apparues devant moi. Elles étaient habillées comme le jour de l'accident. Elles étaient tellement belles, tu ne peux pas t'imaginer.

– Je me souviens d'elles, dit Chloé. C'est vrai qu'elles étaient belles.

– Oui, mais là, elles étaient encore plus belles. Je te jure !

– Pas besoin de jurer. Je te crois. Qu'est-ce qu'elles t'ont dit ?

Luc prend une profonde inspiration avant de répondre.

– Ma mère m'a dit : « Tu peux aider le petit garçon. » Je suis certain qu'elle parlait de… tu sais qui. J'ai été surpris parce que, comment est-ce qu'elle peut savoir pour… tu sais quoi ?

– Ouais, dit Chloé, aussi surprise que son ami. Est-ce qu'elle t'a dit comment tu peux l'aider ?

– Pas vraiment. Elle a dit qu'il ne sait pas qu'il est mort et que c'est pour ça qu'il est coincé ici.

– Je comprends, mais qu'est-ce que tu peux faire ?

– Il faut lui faire réaliser qu'il est mort et…

– L'aider à « aller vers la lumière », ajoute Chloé, sur un ton sarcastique.

Luc fait signe que oui.

– Comment est-ce qu'on fait ça ?

Luc hausse les épaules. Chloé réfléchit. Elle repense aux émissions traitant du paranormal dont elle est boulimique.

– Est-ce qu'elles t'ont dit autre chose ?

– Pas vraiment. Seulement ma sœur qui a dit : « Si tu l'aides, tu vas être un vrai héros. » Puis je me suis réveillé.

– Toi et ta fixation sur les superhéros…

– Non, tu ne comprends pas. Je ne veux pas être un superhéros. Juste un héros ordinaire, ça serait correct.

– Eh bien, Monsieur le futur héros ordinaire, je ne sais pas pour toi, mais moi j'aimerais bien retourner dormir.

– Merci de m'avoir écouté.

Chloé lui sourit et se glisse dans son lit chaud. Luc retourne sur le divan. Il ferme les yeux et repasse son rêve en mémoire pour réentendre les voix de celles qui lui manquent tant.

***

Le lendemain matin, Chloé est la première à se lever. En passant devant la fenêtre pour aller à la salle de bain, elle voit à travers le rideau de dentelle qu'il pleut. Pas une petite pluie fine, mais une pluie abondante. Elle se sent triste en se rappelant qu'un mariage doit avoir lieu à l'auberge aujourd'hui. La pauvre fiancée ! Quand on décide de se marier au mois de juillet, on ne s'attend pas à ce que ce soit par une journée où il pleut à boire debout. « C'est poche, » se dit Chloé en s'éloignant de la fenêtre.

Elle va dans la salle de bain pour faire sa toilette en se promettant que quand elle se mariera, ce sera dans une belle grande église dans laquelle elle, son fiancé, leurs familles et leurs amis seront à l'abri. Elle se dit que Luc serait certainement d'accord avec elle.

Elle s'arrête devant le miroir et sursaute en se voyant.

– Mes cheveux ! Qu'est-ce qui est arrivé à mes cheveux ?

Ses longs cheveux blonds sont hérissés sur sa tête, comme s'ils avaient été peignés de la racine vers la pointe. Son cri de surprise a réveillé les autres occupants de la chambre qui arrivent en courant.

– Qu'est-ce que tu as fait à tes cheveux ? demande Judy.

– Rien ! Je n'ai rien fait à mes cheveux !

Chloé fixe le miroir. Elle n'en croit pas ses yeux. Puis, elle se tourne vers sa petite sœur.

– C'est toi ! C'est toi qui m'as crêpé les cheveux pendant que je dormais ! dit-elle en brandissant un doigt accusateur.

– Non ! Ce n'est pas moi ! Je n'ai rien fait !

– C'est qui, alors ? Qui s'est amusé à me gâcher les cheveux ?

Luc ne dit rien, mais il pose son regard sur le miroir de la commode. Il ne voit pas bien sans ses lunettes, mais tout de même assez pour distinguer une forme qui lui est maintenant familière. Le petit garçon défiguré semble rire. Luc est traversé par un frisson d'angoisse.

***

Après s'être fait un shampoing et utilisé beaucoup de conditionneur pour démêler ses cheveux, Chloé est allée rejoindre les autres pour le petit-déjeuner. Les clients l'ont saluée et elle a remarqué que l'écrivaine n'était pas là. Sans doute avait-elle déjà fini de manger.

En voyant Judy, Chloé lui fait la grimace et va s'asseoir à côté de Luc.

– Ce n'est pas elle qui a joué avec tes cheveux, dit Luc tout bas.

– Ah non ? C'est qui, alors ?

Luc regarde Chloé d'un air entendu, sans dire un mot. Chloé semble fâchée puis son visage marque la surprise.

– Non…

– Oui, dit Luc. Je l'ai vu.

Chloé est sans voix. Si le fantôme de Wally pouvait lui crêper les cheveux, quoi d'autre pouvait-il lui faire ? Elle est peut-être en danger.

– Il faut qu'on fasse quelque chose, dit Chloé.

– Je le sais, mais quoi ?

Chloé prend une grosse bouchée de baguette recouverte de confiture de fraises. Elle réfléchit mieux le ventre plein.

– Viens me rejoindre dans le sous-sol quand tu auras fini, dit Luc.

Il se lève et quitte la salle à manger.

Un quart d'heure plus tard, Chloé retrouve Luc au sous-sol, le nez plongé dans l'album-souvenir. Chloé s'assoit à côté de lui sur le divan. Luc met sa main dans sa poche et en sort un petit objet qu'il tend à Chloé.

– Prends ça.

– Qu'est-ce que c'est ?

– Tu vois bien. C'est un miroir.

– Tu l'as pris dans ma chambre ?

– Ouais.

– Pourquoi tu me donnes ça ? Il n'est pas à moi. Il appartient à l'auberge.

– Peut-être, mais prends-le quand même. Pour te protéger.

Chloé ne semble pas comprendre.

– Pour te protéger de tu sais qui.

– Pourquoi tu ne dis pas son nom ?

– Parce que je ne veux pas qu'il sache qu'on sait.

– OK, mais…

– La seule façon qu'on peut le voir, c'est à travers un miroir. Donc pour savoir s'il est là, tu auras juste à regarder derrière toi dans le miroir.

Chloé regarde le petit miroir à deux faces, dont l'une est grossissante. Il s'agit d'un miroir ancien entouré d'un cadre de métal doré. Chloé se regarde dans la glace, puis elle change d'angle et jette un coup d'œil derrière elle. Rien d'anormal. Elle glisse le miroir dans la poche de son chemisier.

– As-tu trouvé quelque chose d'intéressant dans le *scrapbook* ?

– Non. Il y a des articles sur l'accident de train. Je me demande comment ils se sont retrouvés ici.

– C'était un gros accident. Ils ont pu en parler dans le journal jusqu'ici.

– Peut-être, mais regarde l'article ici, il vient du *Chicago Tribune*. Et celui-là, du *Chicago Evening Post*. Je ne pense pas qu'on pouvait trouver ces journaux-là à Moose Jaw, il y a cent ans. Ni même aujourd'hui.

– Tu as raison. C'est comme si le *scrapbook* avait été fait là-bas.

– Comment il serait arrivé ici ?

– Je ne sais pas.

Luc continue de tourner les pages avec précaution pour ne pas les déchirer. L'album contient aussi des programmes souvenirs du cirque Hagenbeck-Wallace, des photos d'hommes forts et de femmes à barbe et beaucoup de photos de clowns dont quelques-unes identifiant Big Joe Coyle, l'homme qui a perdu sa femme et ses enfants dans l'accident. L'une d'elles montre le clown au maquillage deux tons portant un costume deux pièces blanc avec un énorme pantalon bouffant. Le veston compte six gros boutons rayés, comme le col de la chemise et le chapeau à large bord. Il tient un bouquet de fleurs qu'il tend vers l'objectif de la caméra.

– Regarde ses chaussures, dit Chloé. Elles sont comme celles qu'on a trouvées.

Tout à coup, Chloé se souvient de l'inscription à moitié effacée sur le coffre. Elle se lève et court vers la pièce à débarras.

– Où tu vas ? demande Luc.

– Vérifier quelque chose !

Chloé entre dans la pièce et ouvre la lumière. Elle va vers le coffre et regarde ce qu'il reste de l'inscription en lettres rouges : *Hag ck-W ace irc s.*

– Luc, viens voir !

Luc accourt.

– Regarde ! C'est le nom du cirque de Chicago ! Il manque des lettres, mais ça peut faire « Hagenbeck-Wallace Circus ».

– C'est vrai.

Luc et Chloé échangent un regard d'incompréhension. Après avoir essayé de s'expliquer comment ce coffre s'était retrouvé si loin de son lieu d'origine, ils retournent feuilleter l'album-souvenir. Peut-être y trouveront-ils la réponse.

Au fil des pages, ils traversent diverses époques. D'après ce qu'ils y voient, ils concluent que l'album devait appartenir à la famille Coyle. Big Joe semble avoir continué d'être clown après la tragédie de Hammond, mais son personnage a changé de style, passant de clown jovial à clown triste. Puis il y a des photos d'une jeune femme avec un bébé. Elle est datée de 1928. Au fil des pages, l'enfant grandit. Ils voient un petit garçon assis sur un tricycle. Puis, ils découvrent une carte mortuaire. C'est celle de Joseph Coyle. Il est décédé en 1943. Ils continuent de tourner les pages.

– Hé, regarde celle-là ! dit Chloé. On dirait que c'est l'ancienne gare de Moose Jaw.

La photo montre un jeune homme souriant devant une gare de chemin de fer flanquée d'une imposante tour avec une horloge à son sommet. On voit clairement le logo du Canadien Pacifique.

Luc soulève délicatement la photo. Il y a une inscription à l'arrière : Moose Jaw, Saskatchewan, Canada, 1949.

– Tu as raison. C'est l'ancienne gare de la rue Manitoba.

Chloé fait un rapide calcul et dit :

– Ça pourrait être le garçon de Big Joe qui a déménagé ici.

– Ses garçons sont morts dans l'accident.

– Euh… peut-être qu'il en a eu un autre.

– Ça se peut.

Ils continuent de tourner les pages et tombent sur une photo couleur cartonnée montrant une maison victorienne qu'ils reconnaissent immédiatement. C'est Wakamow Views. Son aspect est différent d'aujourd'hui, il n'y a pas de grands arbres autour ni de fontaine dans la cour, mais c'est bien la même maison. Luc soulève la photo pour voir s'il y a une inscription au verso.

– Notre château à Moose Jaw, 1968.

– OK, ça explique des choses, dit Chloé.

– Quoi ?

– Bien, ça se pourrait que le fils de Joe Coyle ait déménagé de Chicago à Moose Jaw.

– Pourquoi il aurait fait ça ? Chicago c'est bien plus beau que Moose Jaw.

– Je ne sais pas, moi. Peut-être qu'il était tombé amoureux d'une fille d'ici. Ou qu'il avait trouvé un meilleur travail. Il travaillait peut-être pour le CP ? Puis il s'est marié et il a acheté la maison.

– C'est possible, concède Luc.

Ils se remettent à feuilleter l'album. Il y a plusieurs photos de trains et de locomotives. Des gares, aussi. Des cartes postales du Canadien Pacifique vantant la beauté de destinations vacances comme la ville de Québec, les Rocheuses ou le lac Louise. Puis, ils tombent sur un article publié en 1974 dans ce qui semble être un magazine du Canadien Pacifique qui titre : « 25 ans de service pour le chef de train Coyle. » L'article est accompagné de la photo d'un homme portant une casquette de cheminot qui salue fièrement le photographe du haut de sa locomotive. Luc et Chloé lisent l'article qui commence par : « Wally Coyle a réalisé son rêve d'enfant : devenir chef de train. »

– Wally ! disent en même temps Luc et Chloé qui se regardent, étonnés.

Ils poursuivent leur lecture en silence.

– C'est le fils de Big Joe ! s'exclame Chloé.

– Tu as raison. Il est né à Chicago.

– Il ne pourrait pas être le père de l'autre Wally, dit Chloé.

– Je ne pense pas. Mais peut-être son grand-père ?

Après avoir lu l'article, ils continuent de tourner les pages et découvrent une photo troublante. Elle a été prise à l'extérieur, par une journée d'été. Elle est floue, mais on y distingue assez bien une douzaine d'enfants qui font la ronde autour d'un clown qui a en main un bouquet de fleurs. Ce qui attire l'attention de Luc et Chloé est que le clown semble porter le même costume et la même perruque qu'ils ont trouvés dans le coffre qui a voyagé de Chicago jusqu'à Moose Jaw.

Ils doivent suspendre leur exploration de l'album quand Linda les appelle pour qu'ils aillent l'aider à placer les chaises pour le mariage qui aura lieu dans le jardin, à quinze heures. La pluie a cessé et le beau temps est revenu.

6

Après une semaine loin de ses enfants, Jade revenait enfin en Saskatchewan. Elle était épuisée par son séjour au chevet de sa mère qui, heureusement, se portait mieux.

Dès son arrivée à l'aéroport de Regina, Judy et Christophe la prennent d'assaut pour lui raconter tout ce qu'ils ont fait pendant son absence, allant des parties de croquet à l'après-midi au parc et la lecture d'histoires en soirée. Ils ont aussi fait des biscuits et des gâteaux avec Linda, et tondu la pelouse et taillé les rosiers avec Fredrick et le jardinier. Les petits ont tant de choses à raconter que Jade n'a pas le temps de remarquer le silence de Chloé.

Il faut rentrer à Moose Jaw, faire la lessive et le ménage, et aller au supermarché, car il n'y a rien à manger à la maison. Comme Jade doit retourner au travail le lendemain matin, elle a convenu avec Fredrick et Linda que les enfants passeraient une nuit de plus à l'auberge. Ils protestent, mais la décision est finale.

Il est midi quand ils montent à bord de la camionnette de Fredrick et partent en direction de Moose Jaw.

– Et toi, Chloé, qu'est-ce que tu as fait pendant

mon absence ? demanda Jade en se tournant vers sa fille aînée assise derrière Fredrick.

– Elle a passé tout son temps avec Luc ! claironne Judy.

– Ce n'est pas vrai, marmonne Chloé.

– Un matin, elle s'est levée avec les cheveux droits sur sa tête, dit Christophe. Comme un porc-épic.

– Tais-toi, espèce de panier percé ! dit Chloé.

– Chloé, ne parle pas comme ça à ton frère ! dit Jade.

– Et elle a été visitée par un monstre ! ajoute Judy.

– Judy… Chloé se retient de lui dire de se taire.

– Un monstre, vraiment ? dit Jade.

– Oui ! répond Judy. Un monstre petit garçon avec un grand trou à la place d'un œil. Je vais te montrer mon dessin.

– D'accord, dit Jade. Je suppose que vous avez aussi regardé des films d'horreur trop vieux pour vous…

– Pas à ma connaissance, dit Fredrick.

– Ah non. Tu l'as vu, toi, le monstre ? demande Jade.

Fredrick fait signe que non.

Peu à peu, les enfants se calment, assoupis par le ronron du véhicule.

– Il y a du nouveau au sujet des attaques de clown ? demande Jade à Fredrick.

– Aucun développement. Aucune piste. La plus récente victime vient de sortir de l'hôpital.

***

Le lendemain, c'est la journée que plusieurs attendent chaque année avec impatience : la Journée des enfants au parc Wakamow Valley. Il s'agit d'un rendez-vous familial très populaire, mais cette année, les organisateurs ont renforcé la sécurité en raison des attaques qui ont eu lieu dans le parc récemment. Il y a des gardes privés en plus d'agents de la police municipale, dont Jade et Fredrick.

Ceux qui participent à la fête peuvent faire des tours en canot, jouer dans des structures gonflables, assister à des spectacles de magie, se faire divertir par des clowns qui fabriquent des animaux avec des ballons et écouter de la musique *live*, en plus de manger plein de choses sucrées ou salées, plus ou moins bonnes pour la santé.

Jade est contente d'être de retour dans l'action par une si belle journée. Elle surveille les visiteurs tout en essayant de garder un œil sur ses enfants. Comme Jade est plutôt petite et toujours souriante, les jeunes visiteurs n'hésitent pas à l'approcher pour lui poser des questions sur son travail, les qualités requises pour devenir policière, quelle formation elle a suivie, etc. En revanche, peu de gens s'approchent de Grumpy Cop qui, derrière ses lunettes de soleil, observe sans en avoir l'air le comportement des clowns.

La fête bat son plein et, à travers les cris de joie et la musique, on entend soudain des pleurs. Un petit garçon est frustré parce que sa mère a cessé de le pousser dans la balançoire pour discuter avec une autre maman. Elle revient à son petit, lui donne un bon élan et l'enfant se calme.

– J'espère qu'il n'arrivera rien de plus grave que ça, dit Jade à son partenaire.

– Hum.

– Tu n'es pas jasant, aujourd'hui.

– Pas dormi de la nuit.

– Encore tes fantômes ? dit Jade avec un sourire en coin.

– Je sais que tu ne me crois pas, mais tu en parleras à Chloé.

– Chloé a de l'imagination à revendre. Si tu savais... Tu devrais prendre une bonne camomille avant de te coucher. Ça t'aiderait à dormir.

En disant ces mots, Jade et Fredrick entendent des éclats de voix derrière eux.

– Hé ! Arrête ça ! Es-tu fou ?

Les policiers se retournent et aperçoivent parmi la foule un clown qui s'agite bizarrement. Puis, d'autres cris fusent. Les gens s'éloignent en courant, ce qui permet à Jade et Fredrick d'avoir une meilleure vue du clown. Ils passent en mode offensive en voyant qu'il tient dans une main ce qui semble être un couteau. Fredrick fonce vers l'individu tandis que Jade agrippe sa radio et appelle des renforts. Elle a reconnu le zozo de la photo que Chloé lui avait envoyée : le costume à pois, la perruque orange et le maquillage grotesque. Chloé ! Où sont ses enfants ? Pas le temps de les chercher. Elle doit intervenir.

Jade court rejoindre Fredrick. Le zozo balance le couteau sous le nez d'un homme qui porte un enfant sur ses épaules. Des cris fusent. L'homme se sauve, mais le clown le rattrape. L'homme se débat et réussit à éviter les coups de couteau. Le clown change de cible et s'en prend à un autre homme qui était venu porter secours au premier.

– Arrêtez ! Jetez ce couteau ! lui ordonne Fredrick.

Le zozo ne l'a pas vu venir. Il se retourne et brandit son couteau devant le policier qui a dégainé son arme. Jade dégaine à son tour. Le clown semble en déroute. Le regard fou, il ne sait plus que faire. À court d'options, il jette son couteau par terre et se met à courir. Sans même réfléchir, Fredrick et Jade partent à sa poursuite. Le clown s'engage sur un des sentiers qui serpentent le long de la rivière. C'est dangereux, il y a de nombreux enfants à cet endroit.

– Va à gauche ! Je vais à droite ! crie Fredrick à sa partenaire.

Fredrick court sur le sentier sablonneux bordé d'arbres. Il voit du coin de l'œil plusieurs canots et kayaks sur le cours d'eau. « Pourvu que le zozo n'aille pas vers eux, » se dit-il. Malheureusement, il perd le clown de vue.

Pendant ce temps, Jade poursuit sa course et repère le costume à pois qui est facile à distinguer à travers la verdure. Elle voit réapparaître son collègue au moment où les deux sentiers se rejoignent. Coup de chance, Fredrick arrive à la fourche juste avant le clown qui ne l'a pas vu venir. Lorsque le clown passe devant Fredrick, le policier l'attrape par un bras. Le costume déchire et lui reste dans les mains. Au même instant, Jade arrive et tente à son tour de saisir le clown. Tout ce qu'elle parvient à toucher est sa perruque qu'elle lui arrache. Il se produit alors un phénomène que ni l'un ni l'autre ne peut expliquer : le clown disparaît ! Jade et Fredrick n'ont devant eux qu'une paire de souliers blancs, longs de cinquante centimètres, mais personne pour les chausser. Sans ses habits colorés, il ne reste rien du zozo. En sueur et à bout de souffle, Jade et Fredrick se regardent, incrédules.

– Comment est-ce qu'on va expliquer ça dans notre rapport ? dit Jade.

Fredrick lève les épaules et hoche la tête. On entend au loin la sirène d'une auto-patrouille qui arrive en renfort.

Le duo revient du sentier avec dans les mains un costume en lambeaux, des souliers et une perruque, mais pas de clown. La foule qui s'était massée pour suivre l'action est bouche bée.

– Maman ! Maman ! Regarde, j'ai pris son couteau ! s'écrie Christophe en brandissant un couteau à longue lame.

La petite main de l'enfant ne couvre qu'une partie du manche de couleur rouge.

– C'est le couteau à pain de Linda ! s'exclame Fredrick. Chris, donne-le-moi tout de suite !

L'enfant s'avance fièrement vers le policier et lui remet l'arme du crime.

– Vous avez arrêté le zozo ? demande Christophe.

Sous le choc, les policiers ne savent que répondre. Qui les croira ?

À l'écart de la foule, Luc et Chloé observent la scène sans comprendre où est passé le clown, mais une chose les rassure : ils ont maintenant la certitude que Fredrick n'est pas responsable des attaques.

– Il faut qu'on regarde le reste du *scrapbook* ce soir, dit Chloé.

– J'aimerais bien, répond Luc, mais tu dois rentrer chez toi.

– Je vais demander à ma mère de rester à l'auberge une dernière nuit.

Chloé sort le miroir de sa poche et regarde derrière elle. C'est devenu une habitude. Elle en profite pour refaire sa queue de cheval que le vent et les sauts sur le trampoline ont défaite.

***

Ça n'a pas été facile, mais Chloé a réussi à convaincre sa mère de l'autoriser à passer une nuit de plus à Wakamow Views. Pour ce faire, elle lui a promis qu'elle s'occuperait de la préparation des repas pendant une semaine. Jade sait que cela veut dire qu'ils mangeront des fruits et des légumes en abondance et que la viande se fera rare, car Chloé est plus végétalienne que carnivore.

Luc est venu rejoindre Chloé à l'auberge après le souper. Ils sont aussitôt descendus au sous-sol et ont pris le vieil album pour essayer à nouveau de trouver des indices sur le père du petit Wally et les raisons qui l'ont poussé à commettre son crime.

En s'assoyant sur le divan, Chloé ressent une brise froide dans son cou. Elle se tourne vers Luc pour voir si c'est lui qui lui souffle dans le cou, mais son ami est penché au-dessus de l'album posé sur la table à café. Elle sort aussitôt son petit miroir et regarde derrière elle.

– Ah !

– Qu'est-ce qu'il y a ? demande Luc.

Chloé, les yeux rivés sur le miroir, est trop saisie pour répondre.

– Est-ce qu'il est là ? demande Luc.

Chloé fait signe que oui.

– Qu'est-ce qu'on fait ? demande Chloé d'une voix à peine audible.

– Je ne sais pas, répond Luc sur le même ton.

Le miroir renvoie à Chloé l'image du petit garçon défiguré. Il est tout près d'elle, presque contre son épaule. Elle frémit. Luc a beau regarder, à l'œil nu il ne voit rien derrière son amie. Il se penche vers elle et jette un coup d'œil dans le miroir. Lui aussi se met à frémir.

Le fantôme du garçon lève une main à la peau abîmée et passe ses doigts dans la chevelure de Chloé. Elle sent un léger mouvement et retient un cri. À bout de force, effrayée, elle jette le miroir par terre, bondit sur ses pieds et se met à crier.

– Je ne veux plus ! Je ne veux plus qu'il s'approche de moi ! Luc, fais quelque chose ! Aide-moi !

Chloé se met à pleurer. Désemparé de voir son amie aussi bouleversée, Luc se lève et la prend par les épaules.

– Je vais penser à quelque chose.

– Il faut l'aider, comme t'a dit ta mère, dit Chloé à travers ses larmes.

– Oui, mais comment ? C'est ça le problème.

Peu à peu, Chloé se calme et elle se rassoit. Elle récupère le miroir et regarde derrière elle. Elle ne voit rien d'anormal.

– Peut-être que je lui ai fait peur.

– Si on pouvait communiquer avec lui, on pourrait lui demander pourquoi il reste ici au lieu d'aller de l'autre côté, dit Luc. Peut-être qu'on pourrait l'aider à le faire.

– On peut essayer de l'enregistrer comme dans les émissions de paranormal.

– Tu parles du truc de voix électronique ?

– Oui, dit Chloé.

Puis elle a une idée.

– Linda a un enregistreur numérique dans son bureau. Je vais le chercher.

Chloé court à l'étage et revient deux minutes plus tard avec un petit appareil au creux de la main. Elle essaie de le faire démarrer, mais ça ne fonctionne pas. Elle regarde à l'intérieur et constate qu'il n'y a pas de piles.

– Je vais en demander à ma tante, dit Luc.

– Non ! Si on fait ça, elle va nous demander pourquoi on en veut et ça ne finira plus. Je vais en apporter de chez moi, demain.

– Demain tu ne seras plus ici, dit Luc.

– On verra. Bon, on finit de le regarder ce *scrapbook* ?

Luc ouvre l'album et retrouve la page où ils s'étaient arrêtés, celle de l'article qui soulignait les vingt-cinq ans de service de Wally Coyle comme chef de train. Il voit au passage une toute petite coupure de journal qu'il n'avait pas remarquée la veille. Il s'agit de l'annonce d'une naissance, avec la photo d'un bébé.

> Wallace et Debbie Coyle sont heureux d'annoncer la naissance de leur premier enfant, Joseph Arthur Coyle né à Moose Jaw le 18 novembre dernier. Bienvenue à bord, bébé Coyle !

– Ils l'ont appelé Joseph. Comme son grand-père, dit Luc.

– Ce serait le père de Wally, suggère Chloé.

Ils scrutent les traits du nouveau-né, tentant d'y déceler un signe avant-coureur du meurtrier qu'il allait devenir.

– Tourne la page ! dit Chloé en frissonnant.

Elle prend son miroir et regarde derrière elle. Elle est rassurée de ne rien voir d'anormal.

Luc tourne les pages. Ils voient plusieurs articles sur des trains, des rénovations apportées à la gare de Moose Jaw, puis ils tombent sur un article du *Leader Post* de Regina affichant une photo sur laquelle on voit deux clowns, un grand et un petit, qui titre :

Clowns de père en fils

Joseph Coyle de Moose Jaw, 10 ans, suit les traces de son père et de son grand-père en devenant clown à son tour. Il faut dire que « Little Joe », comme on le surnomme, n'en est pas à ses premières armes. Dès l'âge de six ans, il a commencé à faire des tours de passe-passe et de la jonglerie.

Avis aux intéressés, vous pouvez louer les services du père et du fils, ensemble ou séparément, pour vos fêtes d'enfants !

– Ça me donne la chair de poule, dit Chloé en frottant ses avant-bras.

– Ouais. Tu connais mon opinion sur les clowns…

Ils continuent de tourner les pages et voient quelques articles qui vantent les talents de Little Joe Coyle qui semble connaître une certaine popularité.

Quelques pages plus loin, ils tombent sur un article qui parle d'un incendie qui a ravagé une partie de la bibliothèque de l'école St. Margaret. D'origine suspecte, le feu a éclaté dans le rayon des bandes dessinées alors qu'une classe de sixième année s'y trouvait. L'incendie a été maîtrisé avant l'arrivée des pompiers grâce à l'intervention rapide de la bibliothécaire et de l'enseignante.

Luc continue de feuilleter l'album et Chloé regarde défiler les pages.

– La personne qui a fait cet album aimait beaucoup les trains, dit Chloé.

Luc tourne une autre page et remarque un entrefilet.

Incendie au Crushed Can

> Un incendie s'est déclaré dans le vestiaire des Warriors au Centre civique de Moose Jaw, aussi connu sous le nom de Crushed Can, pendant la troisième période du match de samedi dernier. Le feu d'origine suspecte aurait débuté dans une pile de serviettes et dans le sac de l'un des joueurs. Les flammes ont rapidement été maîtrisées et n'ont fait que des dégâts mineurs. Une enquête a été déclenchée pour déterminer la cause de l'incendie.

Au bas de la coupure de journal jaunie est inscrit à la main « 1985 ».

– Pourquoi avoir mis ça dans un *scrapbook* ? demande Chloé.

– Fouille-moi.

Luc continue de tourner les pages. Chloé est fatiguée et ne peut retenir un bâillement. Puis, ils tombent sur un document interne du Canadien Pacifique. La liste des nouveaux employés entrés au service de l'entreprise. Le nom de Joseph Coyle y figure.

– Donc il a été clown et employé du CP, comme son père, dit Chloé.

Plus loin, ils découvrent l'annonce du mariage de Joseph Coyle à Alicia Lepage, en mai 1990. Les jeunes mariés ont l'air heureux.

Le couple a eu un enfant, un fils nommé Wallace, en juin 1997. Luc et Chloé s'attardent sur la photo du nouveau-né. Il y a quelque chose d'étrangement angoissant à voir ce bébé coiffé d'un bonnet bleu sourire en regardant directement l'objectif de la caméra. Ni l'un ni l'autre ne dit mot. Chloé sort le miroir de sa poche et regarde derrière elle. Tout est normal. Elle fait signe à Luc de tourner la page.

Suivent quelques pages de nouvelles du CP, dont une au sujet d'un feu qui a ravagé un wagon de train. Immédiatement après, ils voient une pleine page du *Moose Jaw Times Herald.*

Un enfant perd la vie dans un incendie

Chloé agrippe le bras de Luc en voyant la photo de l'arrière de Wakamow Views, visiblement incendié avec, en médaillon, une photo de Wally qui porte une chemise à carreaux.

L'article relate qu'un feu de cuisine s'est déclaré dans la résidence des Coyle. À la page suivante, les enquêteurs émettent des hypothèses sur les causes de l'incendie. À la troisième page, ils découvrent la photo d'un homme menotté qui est escorté vers le palais de justice par deux agents de police.

– Hé, c'est ton oncle ! s'exclame Chloé.

– Et l'autre, est-ce que c'est ta mère ?

– Difficile à dire, de dos.

Joe Coyle a été arrêté et accusé d'incendie criminel ayant causé la mort.

Sur la page suivante, ils voient la photo d'un vieil homme portant une casquette de cheminot et des lunettes qui soutient une jeune femme en pleurs.

– Je connais cet homme-là ! dit Luc, bouche bée.

– Oui, c'est le monsieur Coyle qu'on a déjà vu, mais là il est plus vieux.

– Pas juste ça. On dirait… le voisin de mon grand-père !

– Hein ? Celui qui te crie dessus ?

– Oui. « Regarde derrière toi ! » C'est lui !

L'album-souvenir s'arrête là. Rien sur le procès de Joe Coyle.

– Il faut qu'on aille parler à ce monsieur, dit Chloé.

– Ça ne servirait à rien. Il est dérangé. La dernière fois qu'on est allés voir mon grand-père, il a failli me frapper au visage avec sa canne. J'en ai perdu mes lunettes.

– Hum. Peut-être que ça ne tourne pas rond dans sa tête, mais je pense qu'on doit essayer.

Luc n'est pas très enthousiaste à l'idée de cette visite.

– Tu mettras ton casque de hockey pour te protéger, dit Chloé.

– Très drôle.

Luc et Chloé se donnent rendez-vous à dix heures le lendemain matin. Ils iront ensemble au Château St. Michael's.

***

Luc a prévenu Chloé qu'il voulait parler à son grand-père avant de s'adresser à M. Coyle. Il voulait s'informer de ce qu'il savait sur son voisin pour s'assurer qu'il s'agissait de la bonne personne.

Par ce beau matin de juillet, Luc trouve son grand-père en train d'arroser ses plants de tomates dans le jardin de la résidence. En le voyant s'approcher avec Chloé, M. Poulin se redresse et dit :

– Ah ben, si c'est pas mon Luc ! Tu parles d'une belle surprise. Tu viens me voir avec ta p'tite blonde.

– Bonjour grand-papa. C'est mon amie Chloé.

– Bonjour Monsieur. Je suis blonde, mais je ne suis

pas *sa* blonde, précise Chloé.

– C'est gentil de venir me voir, dit grand-père en déposant son arrosoir.

Luc lui suggère d'aller s'asseoir sur un banc, à l'écart des autres jardiniers, pour discuter. Dès qu'ils ont pris place à l'ombre, Luc demande à son grand-père s'il se souvient de l'incendie survenu il y a onze ans dans lequel un petit garçon a perdu la vie.

– Bien sûr que je m'en souviens. Ça ne s'oublie pas. C'était en face d'ici, dans la maison de ton oncle Fred.

De fil en aiguille, Luc et Chloé apprennent que son voisin de chambre est bien Wally Coyle, le grand-père de la victime. M. Poulin connaissait aussi le père de l'enfant, qui est toujours en prison. D'après lui, le procès a révélé que Joseph Coyle était ce qu'il appelle un « pyromane de carrière ». Tout jeune, il avait commencé à allumer des feux à divers endroits dans la ville sans jamais se faire prendre. Quant à savoir s'il avait expliqué la raison de son geste, grand-père n'en a pas souvenir. Sa mémoire n'est plus ce qu'elle était.

Au bout d'un moment, grand-père leur demande pourquoi ils lui posent ces questions. D'où vient cet intérêt soudain pour cet ancien crime ? Luc et Chloé se consultent du regard. Ils ne peuvent quand même pas lui répondre que c'est parce qu'ils veulent aider un fantôme qui hante le Wakamow Views Inn. Vive d'esprit, Chloé répond qu'ils font une recherche sur la maison parce qu'ils l'aiment beaucoup et qu'ils veulent connaître son histoire. Des jeunes qui s'intéressent à l'histoire, voilà qui fait plaisir au vieil homme.

Grand-père Poulin propose à Luc et Chloé de les présenter à M. Coyle, question de s'assurer qu'il ne les reçoive pas à coups de canne. Ils acceptent avec soulagement. Avant de frapper à la porte de M. Coyle, grand-père a une dernière chose à leur dire.

– Ne soyez pas surpris s'il vous dit des choses bizarres comme…

– Regarde derrière toi ! lance Luc.

– Ha ! Il t'a déjà fait le coup.

– Chaque fois que je le vois, répond Luc.

M. Coyle resta impassible quand grand-père Poulin lui expliqua que Luc et Chloé désiraient lui parler de l'incendie. Malgré son air détaché, ils ont bien senti dans son regard qu'il s'agissait d'un sujet douloureux. M. Coyle hésita, mais il finit par accepter quand il reconnut ce que Luc tenait sous le bras : son album-souvenir. Le récit de sa vie jalonnée de moments heureux et malheureux.

– Vous savez, je n'ai pas grand-chose à vous dire, affirme le vieil homme en laissant Luc et Chloé entrer chez lui.

Grand-père Poulin fait un clin d'œil à son petit-fils et retourne à ses tomates.

La première chose qui frappe Luc et Chloé en entrant chez M. Coyle, c'est l'odeur. Comme un mélange de caramel et de maïs soufflé. Pas désagréable du tout. Ils remarquent ensuite les photos accrochées aux murs, plusieurs de Wally, dont celle qu'ils ont vue en médaillon dans le journal.

– Pourquoi est-ce que vous vous intéressez à cette histoire ? Vous n'étiez probablement pas nés quand c'est arrivé. Assoyez-vous.

M. Coyle s'assoit sur la chaise berçante à côté de la fenêtre tandis que Luc et Chloé prennent place sur la causeuse, en face de M. Coyle.

Luc dépose l'album sur la table de coin, à côté de lui. M. Coyle regarde l'objet qu'il n'a pas feuilleté depuis très longtemps.

– Vous voulez voir ? demande Luc.

M. Coyle fait signe que non.

– Vous savez, mon garçon avait de graves problèmes là, dit M. Coyle en tapant sur sa tempe avec son index. Il était pyromane, mais il y avait plus que ça. Comme si quelque chose le rongeait de l'intérieur. Je savais que ça ne tournait pas rond, mais je n'ai rien fait. Je voyais bien que quand il mettait le costume de son grand-père, un *outfit* à pois qu'il avait rescapé de l'accident de train, quelque chose arrivait en ville. Le jour où il l'a apporté à l'école pour une fête, il y a eu un feu. La fois qu'il avait été engagé pour faire un spectacle à l'aréna avant une partie des Warriors, il y a eu un feu. Même chose au restaurant où il travaillait. Je me doutais que c'était lui, mais je n'ai rien fait. Si j'avais réagi, mon petit-fils serait peut-être encore en vie.

M. Coyle essuie une larme et se mouche avant de continuer.

– Joe avait été suspendu par le CP parce qu'on le soupçonnait d'avoir mis le feu à un wagon quelques jours avant… ce qui est arrivé à la maison.

M. Coyle se tait. Seul le tic-tac de l'horloge brise le silence.

– Est-ce qu'il a dit pourquoi il avait mis le feu à sa maison ? demande Chloé.

– Non. Comme j'ai dit, il a toujours eu des problèmes. Je pense que c'est de ma faute.

– Pourquoi vous dites ça ? demande Luc.

– Il est né avec une fascination morbide pour le feu et les accidents.

M. Coyle commence à leur raconter la tragédie dans laquelle son père a perdu sa femme et ses deux fils, en 1918. Luc et Chloé connaissent l'histoire, mais ils le laissent parler. Selon lui, son père ne s'est jamais remis de cette tragédie, bien qu'il ait refait sa vie. Il leur parle des clowns, acrobates et autres artistes du cirque Hagenbeck-Wallace qui sont enterrés au cimetière Showmen's Rest près de Chicago, des visites qu'ils y faisaient son père et lui quand il était petit, de son enfance difficile aux côtés d'un clown triste. Puis, le vieil homme a un regain d'énergie quand il évoque sa décision de déménager à Moose Jaw à l'âge de vingt ans. Chloé avait vu juste : il était venu à Moose Jaw pour le travail et était resté par amour.

– Mon Joe devait être trop jeune quand je lui ai raconté cette tragédie et ça l'a marqué. Après, il me demandait tout le temps de lui raconter cette histoire. Celle-là et pas une autre. Il avait une fascination pour ça. Quand j'étais petit, mon père me disait toujours : « Regarde derrière toi ! Il y a peut-être un train qui s'en vient ! » J'ai fait la même chose avec mon Joe.

Luc et Chloé échangent un regard entendu. Ils comprennent maintenant le sens de cette mise en garde.

– Où est votre fils ? demande Luc.

– Je ne veux pas le savoir. Pour moi, il est mort. C'est moins pénible comme ça.

***

En quittant M. Coyle, Luc et Chloé sont perplexes. Leur principale interrogation concerne le costume de clown. Si c'était ce costume qui avait rendu Joe Coyle dangereux, qui le portait aujourd'hui ? Était-il sorti de prison sans que son père le sache ?

– Hé, je viens de réaliser une chose ! s'exclame Chloé. Le costume est au poste de police, donc pas de costume, pas d'attaque.

– Tu as raison ! Ça fait une chose de réglée… ou pas. Quand on a caché le costume dans ta chambre, le zozo l'a quand même trouvé.

– Oui, mais sortir le costume du poste de police, ce serait pas mal plus difficile.

Il est onze heures et comme il fait un temps splendide, Luc et Chloé décident d'aller faire un tour de vélo. Ils retournent à l'auberge, enfourchent leur monture et prennent à droite sur Coteau, puis à gauche sur Lorne. Rendue à la rue Manitoba, Chloé demande :

– À gauche ou à droite ?

– À droite, répond Luc.

Luc ne l'a pas dit à son amie, mais son plan est d'aller au cimetière pour essayer de trouver la tombe de Wally. M. Coyle leur a expliqué que l'enfant et sa grand-mère sont enterrés côte à côte, dans le coin sud-ouest. Comme Luc est familier avec l'endroit, il croit pouvoir les trouver assez facilement. D'autant plus que M. Coyle leur a dit que la photo de Wally, la même qui est accrochée à son mur et qui a paru dans le journal, est encastrée dans sa pierre tombale. Ils traversent le pont, puis tournent à gauche sur la 9e Avenue nord-est. Quand elle aperçoit le cimetière sur sa droite, Chloé comprend.

– Tu aurais pu me le dire que tu voulais venir ici.

– J'avais peur que tu dises non.

– Tu me connais mal, Luc Ducharme.

Ils descendent de vélo, montent les quelques marches de l'entrée piétonnière et les voilà dans le cimetière. Ils appuient leurs vélos contre la clôture et jettent un coup d'œil aux alentours. Personne en vue. Tout est paisible. Une très légère brise fait bruisser les feuilles dans les arbres.

Ils ne mettent que cinq minutes à trouver les sépultures des Coyle. Celle de la grand-mère d'abord, étant donné que sa pierre tombale est plus imposante, et tout à côté celle de Wallace, alias Wally.

– Peux-tu t'imaginer mourir à dix ans ? demande Chloé. C'est comme si j'étais morte il y a deux ans.

– Et moi, l'année passée.

– Je n'aurais pas gagné le concours oratoire ni ma médaille de patinage artistique.

– Et moi je n'aurais pas eu mon nouveau vélo ni ma console de jeux vidéo.

– Tu es donc bien matérialiste ! Bon, maintenant qu'on l'a trouvé, qu'est-ce qu'on fait ? Je commence à avoir faim.

– On peut aller manger au Burger Cabin. Il ne devrait pas y avoir de danger maintenant qu'il n'y a plus de costume de clown.

– Allons-y !

7

Après la visite au Château St. Michael's, la randonnée à vélo, la visite au cimetière, le lunch au Burger Cabin et un arrêt à la bibliothèque pour fureter et profiter de l'air climatisé, Luc et Chloé se retrouvent à l'auberge en soirée pour mettre leur plan à exécution.

Ils descendent au sous-sol avec l'enregistreur de Linda et des piles. Ils ont pris soin de s'asseoir par terre devant la table à café, de façon à voir leur reflet dans le grand miroir de l'armoire située devant eux. Le moment est venu de tenter de faire ce que la mère de Luc lui avait demandé dans son rêve. Ils ont convenu que comme Wally semblait s'être accroché à Chloé, c'est elle qui poserait les questions.

– Prête ? demande Luc.

– Prête.

Luc appuie sur le bouton et l'enregistreur démarre.

– Wally, es-tu là ?

Pause.

– Si tu es là, peux-tu te montrer ou nous faire un signe ? Nous dire quelque chose ? N'importe quoi. Ça n'a pas d'importance. On veut juste savoir si tu es là.

Luc arrête l'enregistreur et se tourne vers Chloé.

– Tu es bien intense ! Ne pose pas autant de

questions. Donne-lui le temps de répondre.

– Excuse-moi. Je suis nerveuse. Je n'ai jamais fait ça.

– Souviens-toi de ce qu'on s'est dit : tu poses des questions courtes pour qu'il puisse répondre par oui ou par non. Et tu attends quelques secondes entre chaque question. Compris ?

Chloé fait signe que oui. Luc redémarre l'enregistreur.

– Wally, es-tu là ?

Pause. Chloé et Luc ont les yeux rivés sur le miroir et ils regardent derrière eux.

– Wally, veux-tu communiquer avec nous ?

Pause.

– Wally, est-ce qu'on peut t'aider ?

Pause. Tout à coup, ils commencent à voir dans le miroir une ombre se dessiner au-dessus de leurs têtes. Ils attendent et l'image se précise. Ils voient d'abord le visage défiguré, puis les épaules, le t-shirt bleu, puis les bras et le logo de Superman. Chloé se raidit et essaie de ne pas porter attention à l'orbite vide où aurait dû se trouver un œil.

Le spectre ne fait aucun mouvement, mais Luc et Chloé ressentent une fraîcheur dans leurs dos. Luc donne un coup de coude à Chloé pour qu'elle continue de poser des questions.

– Pourquoi es-tu ici ?

À ces mots, le spectre s'agite. Luc et Chloé sentent un fort courant d'air. Ils retiennent leur souffle. Le spectre se calme.

– Est-ce que tu sais ce qui t'est arrivé ? demande Chloé.

Luc lui fait de gros yeux, comme si elle n'aurait pas dû poser cette question.

– Fais-le, toi, si tu penses que tu es meilleur que moi !

Luc arrête l'enregistreur.

– Ce n'est pas ça, mais attention à la sorte de question que tu lui poses. Tu as vu comment il s'est énervé ?

– Oui, mais quelle autre question je peux lui poser ?

– Demande-lui ce qu'on peut faire pour lui ?

– Penses-tu vraiment qu'il pourrait répondre à ça ?

– Essaie donc au lieu de t'obstiner.

Chloé soupire. Lui redémarre l'enregistreur.

– Wally, qu'est-ce qu'on peut faire pour toi ?

Le spectre prend alors un air préoccupé et triste. Il lève les mains comme en signe d'impuissance.

Chloé laisse passer du temps, puis elle dit à Luc :

– Je pense qu'on devrait écouter l'enregistrement, parce que si ça ne marche pas la patente, on perd notre temps.

Luc appuie sur « Stop », puis sur « Play ».

Le son n'est pas super, mais la voix de Chloé est assez claire. « Wally, es-tu là ? » Silence. « Wally, veux-tu communiquer avec nous ? » Silence. « Wally, est-ce qu'on peut t'aider ? » Il y a un court silence, puis ils entendent une voix caverneuse dire : « Oui. » « Pourquoi es-tu ici ? » « Mes parents m'ont abandonné ! » « Est-ce que tu sais ce qui t'est arrivé ? » « Mes parents sont partis et m'ont laissé seul ici. Ils m'ont abandonné ! » « Wally, qu'est-ce qu'on peut faire pour toi ? » « Où est l'habit de clown ? Où sont mon costume et ma perruque ? »

Fin de l'enregistrement. Luc et Chloé fixent la petite machine. Cette voix… Cette détresse… Chloé se tourne vers Luc.

– Il ne sait pas qu'il est… tu sais quoi.

– Pauvre p'tit gars.

Luc et Chloé sont désemparés parce qu'ils ne savent pas comment aider Wally. Après avoir réfléchi un moment, Chloé dit à Luc de la suivre dans la salle de bain. Elle ferme la porte derrière eux.

– Qu'est-ce qu'on fait ici ? demande Luc.

– Je ne veux pas qu'il nous entende.

– Chloé, c'est un fantôme ! Il peut aller où il veut, il me semble.

– Peut-être, mais juste au cas. Il faut qu'on réfléchisse. Comment est-ce qu'on pourrait lui faire comprendre qu'il est mort ?

– Euh… en lui disant : « Wally, tu es mort. »

– Brillant ! Tu veux lui faire faire une crise cardiaque !

– Ben, c'est que, il est déjà mort…

– Même si on le lui dit, il serait encore prisonnier ici. Ça ne l'aiderait pas.

Luc soupire.

– Qu'est-ce qui pourrait lui faire comprendre qu'il est mort ? demande Chloé.

– Si on lui montrait l'article de journal dans le *scrapbook* ?

– Tu l'as laissé à M. Coyle, tu as oublié ?

– Zut !

– Je pense que j'ai une idée.

– C'est quoi ?

– Si on l'amenait au cimetière pour lui montrer sa tombe.

– Es-tu malade ? s'exclame Luc.

– Non, penses-y ! Si on réussissait à l'amener devant sa tombe, il verrait sa photo et son nom sur la pierre tombale et il comprendrait.

Luc réfléchit. La suggestion de Chloé pourrait peut-être fonctionner, mais comment faire en sorte que Wally les suive jusque-là ?

– Qu'il nous suive dans la maison, c'est une chose, mais le cimetière est à deux, sinon trois kilomètres d'ici, dit Luc. Tu sais comment on fait pour « promener son fantôme » ?

– Si on pouvait récupérer le costume… Il est attaché à ce costume.

Chloé se tait et réfléchit. Luc en profite pour jeter un coup d'œil dans le miroir. Ils sont seuls.

– Je pense que je comprends ! s'exclame Chloé.

– Tu comprends quoi ?

– Je pense que je comprends qui se cache sous ce costume. Qui est le clown qui attaque les gens dans le parc.

– C'est qui ?

– Allume, voyons ! C'est lui ! C'est Wally !

– Hein ?

Chloé agrippe Luc par le poignet et ouvre la porte.

– Viens, j'ai d'autres questions à lui poser.

Alors qu'ils passent devant l'escalier pour retourner à la table, Linda les interpelle du rez-de-chaussée.

– Luc ! Chloé ! Il est tard. C'est le temps de rentrer chez vous !

– Oui, ma tante ! répond Luc. On a presque fini de… de jouer. On s'en va bientôt.

– Dépêchez-vous parce qu'on va se coucher.

***

Luc et Chloé ont poursuivi les échanges avec Wally à travers l'enregistreur et ont appris bien des choses. Il leur a dit qu'il s'est attaché à eux le jour où ils sont venus écouter un film dans le sous-sol parce qu'il était heureux de voir enfin des enfants. Il trouve que Chloé a de très beaux cheveux. Ce jour-là, il les a suivis dans la pièce à débarras. Quand ils ont ouvert le coffre qui a appartenu à son arrière-grand-père et qu'il a vu le costume jaune à pois que son père avait souvent porté, quelque chose s'est déclenché en lui.

Après leur départ, Wally a voulu essayer cet antique habit de cirque et quand il l'a enfilé, il s'est senti transformé. Comme s'il avait grandi soudainement. Mais il a aussi senti une colère incontrôlable monter en lui. Une colère dont il ignorait la source ou l'objet. C'était comme si une autre personne avait pris possession de lui. La seule chose qu'il se souvienne avoir faite pendant qu'il portait le costume est de s'être maquillé. Il a utilisé le maquillage, qu'il appelle du « butabring », pour dissimuler ses horribles cicatrices. Cela comptait beaucoup pour lui parce qu'il croyait que les gens avaient peur de lui à cause de sa laideur. Luc et Chloé ne lui ont pas dit qu'il fait peur aux gens non pas parce qu'il est laid, mais parce qu'il est mort.

Quand Luc lui a demandé si c'était lui qui attaquait des gens dans le parc, il a dit ne pas savoir et il s'est mis à sangloter. Il a ajouté qu'il voulait peut-être se venger de ses parents qui l'avaient abandonné. Chloé lui a expliqué que ce n'était pas le cas, tout en essayant de le ménager. Comment annoncer à un enfant que son père l'a tué ? C'est trop horrible.

Puis, Wally a commencé à réclamer le costume et la perruque. C'est tout ce qui le reliait à son père qui lui manquait tant. Chloé lui a répété à plusieurs reprises que ces objets étaient entre les mains de la police, mais, tel un enfant gâté, Wally ne voulait rien entendre. Il réclamait aussi les souliers. Et le bouquet de fleurs. « Le bouquet de fleurs ! » s'est dit Chloé. Voilà ce qu'ils pourraient utiliser pour que Wally les suive jusqu'au cimetière. Chloé a couru dans la pièce à débarras et est revenue, triomphante, le bouquet à la main. Elle s'est placée face au miroir et a vu Wally taper des mains. Un sourire a déformé son visage brûlé. Chloé a détourné le regard, car la vision lui brisait le cœur.

***

Cinq minutes plus tard, Luc et Chloé, bouquet en main, quittaient l'auberge pour se rendre au cimetière. Le soleil était couché et le ciel avait l'air menaçant. Un orage se préparait.

Luc enfourcha sa bicyclette et Chloé la sienne. Elle ajusta son rétroviseur pour vérifier si Wally la suivait. Quelques secondes passèrent avant qu'elle ne le voie apparaître. Elle donna le signal de départ et Luc partit en flèche. Chloé lui cria de ralentir, de peur de perdre Wally en chemin. Cette idée peut sembler saugrenue, mais ce n'est pas tous les jours qu'on se fait accompagner au cimetière par un fantôme, se dit Chloé.

Les cyclistes mettent une dizaine de minutes pour se rendre à destination. Pendant le parcours, le tonnerre gronda trois fois. Luc a compté les coups. C'est un réflexe chez lui parce qu'il a peur du tonnerre. Arrivés au cimetière, ils laissent leurs vélos à l'entrée. Chloé sort le petit miroir de sa poche et regarde derrière elle. Wally est toujours là.

– On est presque arrivés, Wally. Suis-nous, on a quelque chose à te montrer.

Avec le bouquet dans une main et le miroir dans l'autre, elle s'engage dans l'allée à la suite de Luc. Le tonnerre gronde de nouveau. L'orage approche.

– Il faut se dépêcher, dit Luc.

– On ne peut pas brusquer les choses au point où on en est.

Chloé reçoit une goutte de pluie sur le bout du nez. Elle accélère le pas en vérifiant constamment son miroir. Le visage de Wally est impassible. Chloé se demande s'il réalise qu'il se trouve dans un cimetière.

Ils tournent vers la droite et passent devant quelques pierres tombales. Le bruit de leurs pas sur le sentier de gravier est le seul son qu'ils entendent. Ils s'arrêtent tout près d'un gros arbre dont les branches dessinent un jeu d'ombres sur deux pierres tombales. Ils y sont.

Luc et Chloé se tiennent silencieux devant les sépultures. À voir Chloé avec son bouquet, on pourrait croire qu'elle est venue fleurir la tombe d'un être cher.

– Qu'est-ce qu'on fait maintenant ? murmure Luc.

Chloé n'a pas de réponse. Un éclair zèbre le ciel, suivi d'un coup de tonnerre qui donne à Chloé l'impulsion d'agir. Elle demande à Luc d'éclairer la pierre tombale de Wally pour bien voir sa photo. Luc dirige sa lampe de poche à l'endroit désiré. Ensuite, Chloé soulève son miroir et s'adresse à son compagnon spectral.

– Wally, tu vois cette photo ?

Aucune émotion ne s'enregistre sur le visage de Wally.

– Wally, regarde la photo de ce petit garçon, dit Chloé sans quitter son miroir des yeux. Tu le reconnais ?

Elle note un très léger mouvement de la tête vers le

bas. Le vent se lève. Elle a froid tout à coup.

– Est-ce que tu reconnais ce petit garçon ? répète Chloé.

Le fantôme penche la tête de côté. Une grimace se dessine sur son visage meurtri.

– On dirait qu'il veut dire quelque chose. Luc, pars l'enregistreur.

– Euh… Je ne l'ai pas apporté.

– Comment on va faire pour le comprendre ? dit Chloé.

Elle reprend courage et s'adresse de nouveau à Wally.

– Le petit garçon que tu vois sur la photo est mort. C'est pour ça qu'il est ici.

Elle marque une pause et reprend.

– Ce petit garçon est mort dans un feu. Il y a onze ans.

Elle fait une autre pause, toujours en scrutant le visage de Wally. Il semble tout à coup exprimer un intérêt pour la photo.

– Tu vois le nom, Wallace Joseph Coyle ? Et la date de naissance ? Est-ce que ça te rappelle quelque chose ?

Tranquillement, le visage grimaçant de Wally commence à se tordre de douleur. Le haut de son corps se recroqueville, comme s'il ne voulait pas voir ni entendre. Chloé ressent un profond chagrin.

– Qu'est-ce qu'il fait ? murmure Luc.

Chloé est incapable de répondre, mais à voir son visage crispé, Luc comprend qu'il se passe quelque chose. Luc reporte son attention sur les pierres tombales. Au même instant, un autre éclair déchire le ciel suivi d'un coup de tonnerre. Le vent prend de la force, soulevant feuilles mortes et poussière. Petit à petit, Luc voit une forme vaporeuse s'élever de la sépulture de la grand-mère de Wally et il entend un cri de douleur, comme celui d'un animal blessé. Il se tourne vers Chloé et voit son amie en pleurs, les yeux rivés sur le miroir. Luc regarde de nouveau vers les pierres tombales. Le nuage vaporeux se précise et il commence bientôt à discerner les traits d'une femme âgée. Le nez est long et fin, le visage maigre, les cheveux retenus dans un chignon. Elle semble porter une robe blanche. Son regard est dirigé vers Chloé qui articule difficilement ces quelques mots :

– Oui, Wally. C'est ta grand-mère.

Soudain, plus besoin de l'enregistreur comme intermédiaire. Elle comprend Wally qui est bouleversé d'apprendre que sa grand-mère est décédée.

– Oui, Wally, elle est morte, dit Chloé.

Puis elle entend une voix féminine dans sa tête qui dit : « Je suis morte de chagrin. J'étais trop triste de t'avoir perdu, mon trésor. »

Le vent souffle si fort que Chloé a de la difficulté à tenir le bouquet et le miroir. Elle ne voit plus le reflet de Wally que par intermittence. La bouche grande ouverte, il semble hurler. De peine ou de douleur ? Elle ne saurait le dire, mais chose certaine ce spectre a un cœur. L'émotion est vive, bien réelle. Chloé quitte momentanément le miroir des yeux et regarde le spectre de la grand-mère. Celle-ci tend les bras à son petit-fils, prête à l'amener avec elle dans l'au-delà, mais Wally s'accroche.

Soudain, Chloé et Luc entendent des notes de musique. Comme si quelqu'un, dans un coin du cimetière, jouait un air entraînant. Le vent se calme et ils sentent une odeur de pomme caramel et de chocolat assez forte pour donner mal au cœur à Luc qui déteste tout ce qui est sucré.

Le tonnerre cesse de gronder et les nuages se dissipent, laissant apparaître la pleine lune. Ses rayons bleutés révèlent une autre présence céleste. Tandis que la musique devient encore plus entraînante, Chloé croit reconnaître Big Joe Coyle dans son costume blanc et son chapeau rayé. Il tient une fleur à la main. Une rose blanche qui irait parfaitement dans le bouquet qu'elle presse contre son cœur.

Inspirée par l'odeur de confiserie, par la musique ou par la pleine lune, sans réfléchir Chloé lance son bouquet au clown qui se tient entre les deux pierres tombales. Il l'attrape au vol et, dans un geste gracieux, y ajoute sa rose blanche. Voilà le bouquet complet. Ou presque. Big Joe tend la main à son arrière-petit-fils. Chloé regarde dans le miroir et voit l'air ébahi de Wally. Va-t-il répondre à l'invitation ?

Luc meurt d'envie de demander à Chloé ce qu'elle voit, mais le sourire qui se dessine sur son visage le rassure.

– Vas-y, Wally ! Ils t'aiment et ils sont impatients que tu les rejoignes, dit Chloé.

Comme dans une scène de film surnaturel, Chloé se sent poussée vers l'avant à la seconde où Wally disparaît de son miroir. Il a rejoint les membres de sa famille. Elle ressent un tel soulagement qu'elle se met à rire. Un rire nerveux et contagieux auquel se joint Luc. Wally se retourne et leur fait la révérence en signe de salut. La grand-mère leur souffle un baiser et Big Joe agite lentement son bouquet tandis qu'il prend Wally par la main.

– Oh ! s'exclame Luc. Tu as vu ? Wally a retrouvé son apparence normale !

– Plus de cicatrice, dit Chloé. Plus de brûlures. Il est enfin libre.

Le temps qu'elle prononce ces quelques mots, les trois spectres ont disparu, la musique s'est tue et il ne reste plus que l'odeur de la terre. Mais leurs cœurs sont gonflés de joie et de fierté.

– On a réussi, dit Luc.

– Oui, mon ami, on a réussi.

– On est amis pour la vie ?

– Amis pour la vie. Tu es un héros maintenant. Un héros pas ordinaire.

Luc sourit.

– C'est toi qui es une héros pas ordinaire.

– Une héroïne.

– Une héroïne, d'abord. Mais on ne pourra jamais raconter ça à personne parce qu'ils vont nous prendre pour des fous, déplore Luc.

– Moi je pense que l'écrivaine, elle, nous croirait.

Épilogue

Le samedi suivant, Linda avait invité des amis à l'auberge pour célébrer le trente-troisième anniversaire de Fredrick. Évidemment, les familles de Luc et Chloé faisaient partie de la fête. Comme les jeunes héros anonymes se retrouvaient pour la première fois depuis leur visite nocturne au cimetière, ils avaient beaucoup de choses à se dire. Ils allèrent dans les balançoires pour discuter.

– Cette nuit-là, dit Luc, j'ai rêvé à ma sœur et ma mère. Elles m'ont dit qu'elles étaient fières de moi, que j'étais leur héros.

Chloé sourit.

– Moi, je n'ai pas rêvé cette nuit-là. J'étais tellement épuisée que je suis tombée dans mon lit comme une poche de patates ! Je suis retournée au cimetière le lendemain et devine quoi.

– Quoi ?

– Le bouquet de fleurs de plastique était sur la tombe de Wally.

– Sérieux ? Tu l'as laissé là ?

– Non. Je l'ai apporté chez moi et je l'ai fait fondre dans le fourneau. Ensuite, je l'ai coupé en petits morceaux et je les ai mis au recyclage.

– Pourquoi tu as fait ça ?

– Parce que je me suis dit que si c'est le costume qui a causé tous ces malheurs, peut-être que le bouquet aussi pourrait faire du mal. J'ai préféré ne pas courir le risque.

– Tu as bien fait. C'est toi le héros. Euh, l'héroïne.

Ils restent assis côte à côte sans parler un moment puis Luc dit :

– J'ai fait un drôle de rêve la nuit passée.

– Drôle comment ?

– Il y avait une danse à l'école, mais ce n'était pas notre école. En tout cas, je n'ai pas reconnu la salle, mais il y avait une danse avec des lumières de toutes les couleurs, des décorations pis toute.

– Des clowns ?

– Non, pas de clowns ! répond Luc en riant. Mais toi tu étais là. Tu portais une robe de patin et…

– Je ne porterais jamais une robe de patin pour aller à une danse.

– Peut-être, mais… c'est mon rêve. Ce n'est pas toi qui décides.

– OK.

– En tout cas, peu importe ce que tu portais. Tu as traversé la piste de danse et tu es venue vers moi. Je pensais que tu allais me demander pour danser, mais tu as dit : « Veux-tu m'embrasser ? »

– Meuh !

– Je te le dis !

– Je ne t'aurais jamais demandé ça !

– Ce n'est pas grave, c'était un rêve.

Quelques secondes passent.

– Qu'est-ce que tu m'as répondu ? demande Chloé.

– Je ne sais pas, je me suis réveillé.

– C’est poche.

Luc regarde Chloé, l’air surpris. Un moment passe puis Chloé dit :

– Si je te le demandais, là ?

– Je pense que je dirais oui.

– Tu penses ?

– Je dirais oui.

Ils se regardent dans les yeux et leurs têtes commencent à se rapprocher quand ils entendent la mère de Chloé les appeler pour aller manger.

***

La fête fut un succès. Fredrick avait l’air reposé et il était particulièrement de bonne humeur. Il surprit tout le monde en annonçant qu’au printemps prochain, il ferait creuser une piscine.

Avant de partir, Chloé alla vers Linda pour la remercier et pour lui poser une question.

– Est-ce que l’écrivaine est encore ici ?

– Qui ?

– L’écrivaine.

– Quelle écrivaine ?

– Celle qui était ici en même temps que moi.

– Je ne vois pas de qui tu parles, ma belle. À ma connaissance, on n’a jamais reçu d’écrivain ou d’écrivaine ici.

Chloé ne sut que penser.

Au moment du départ, le soleil se couchait sur la plaine et la vue à partir du Wakamow Views Inn était spectaculaire. Les invités profitèrent de ce magnifique tableau offert par la nature avant de monter dans leurs véhicules respectifs. On se souhaita bonne nuit et on s'embrassa. Chloé transporta Christophe, endormi dans ses bras. Elle prit place sur la banquette arrière avec lui et Jade démarra.

Chloé regardait rêveusement par la vitre de l'auto lorsqu'elle passa devant l'auberge avant de descendre la côte. Dans les dernières lueurs du jour, elle aperçut quelqu'un sur la galerie du deuxième étage. Une femme à l'air diaphane, enveloppée par la lumière dorée du soleil couchant, était appuyée contre la balustrade. Chloé reconnut immédiatement l'écrivaine. Celle-ci lui souffla un baiser et lui fit au revoir de la main. Chloé ne put s'empêcher de sourire en la saluant à son tour.

Table des matières

Les inspirateurs

Regarde derrière toi ! est né d'idées générées au cours de six ateliers de création menés avec les élèves de 5e et 6e année (2017-2018) de l'école d'immersion St. Margaret et de l'école fransaskoise Ducharme de Moose Jaw. Un grand merci aux enseignantes Linda Bartholme et Marie-Chantal Poulin qui ont réuni leurs classes pour ce projet.

Photo : Lana Hebert

Par ordre alphabétique : Neyva Abbasi, Aisha Ally, Drew Amell, Griffin Andrews, Mickayla Carle, Emily Causevic-Homing, Keaton Clark, Thomas Daintree, Kaleigh Day, Caitlin Delaurier, Kaeden Dyck, Faith Empey, Luc Fafard, Jorja Fortin, Brooke Fowlie, Angélique Gosselin, Georgia Greenough, Sadie Hughes, Shelby Ismond, Emily Kreuger, Julia Lacerda, Emma LeClair, Savana Lynch, Étienne Lynn, Jena-François Mendes, Jacob Messner, Caitlin Moffatt, Noah Morin, Cadence Olson, Tuckyr Shpaiuk, Brynn Smith, Caprice Stevenson, Gabrielle St-Laurent, Oliver Swanson, Palko Szabo et Veronika Szabo. Également sur la photo, Linda Bartholme, Marie-Chantal Poulin et Martine Noël-Maw

Remerciements

Les Éditions de la nouvelle plume remercient le ministère de l'Éducation de la Saskatchewan, la Holy Trinity Catholic School Division, le Conseil des écoles fransaskoises et le Conseil culturel fransaskois pour leur appui financier à ce projet.

Quelques mots sur l'auteure

Originaire de Rouyn-Noranda, au Québec, l'auteure Martine Noël-Maw vit en Saskatchewan depuis 1993. Après avoir étudié la littérature à l'Université de Montréal, elle a travaillé en communications et en ressources humaines avant de se consacrer à sa passion première : l'écriture.

Ses livres, qu'elle a présentés d'un océan à l'autre, lui ont valu plusieurs honneurs, dont deux Prix du livre français aux Saskatchewan Book Awards (pour *Amélia et les papillons* et *Dans le pli des collines, 2e édition*).

Pour en savoir plus ou pour lui écrire, visitez le www.martinenoelmaw.wordpress.com

www.ingramcontent.com/pod-product-compliance
Ingram Content Group UK Ltd.
Pitfield, Milton Keynes, MK11 3LW, UK
UKHW021126260726
13994UKWH00001B/6

9 782924 237342